DU MÊME AUTEUR :

Littérature

Brasil Bossa Nova
(Edisud - 1988 - Grand Prix du Label France-Brésil - Préface de Georges Moustaki)

Brasil : a musica
(Parenthèses – 1998 - 1ʳᵉ anthologie de la musique populaire brésilienne en Europe)

L'Ile aux Femmes
(Métailié Noir - juin 1999)

Tu touches pas à Marseille
(Métailié Noir - février 2000 - Grand Prix du Polar de Saint-Quentin-en-Yvelines)

La Faction
(Atout Editions - mars 2000)

De l'eau dans le grisou
(Métailié Noir - janvier 2001)

Chair de Lune
(Métailié Grand Format - septembre 2001 – Grand Prix des libraires de Vienne)

Plus fort que les montagnes
(Editions L'Envol - novembre 2001)

Embrouilles au Vélodrome
(Métailié Suites - mai 2002)

Gaïa, le peuple des Horucks, et tout ce qu'il advint…
(Editions L'Envol - juin 2002)

Pièces radiophoniques

Le Triangle d'or (Radio France - septembre 2001)
Enfants, les nouveaux esclaves du football (Radio France - juillet 2001)
La mort après la vie (Radio France - novembre 2001)
Des cadavres en cascade (Radio France - décembre 2001)

Collection FOOTPOLAR

Déjà parus

SANG ET MORT
François Thomazeau
RC Lens

VERTS COMME L'ENFER
Pierre Sérisier
AS Saint-Etienne

Y'A PLUS DE SUSHIS POUR LES BLEUS
Lilian Bathelot
Equipe de France

DROIT AUX BRUTES !
Jean-Paul Delfino
Olympique de Marseille

COMME UN LYON EN CAGE
Frédérick HOUDAER
Olympique Lyonnais

*

A Paraître

Patrick MERCADO
Paris Saint-Germain

Nantes
Bordeaux

*

En Préparation

AS Monaco
Montpellier Hérault
RC Strasbourg
SC Bastia

Jean-Paul Delfino

DROIT AUX BRUTES !

Collection Footpolar

Ouvrage publié avec le concours du Centre National des Lettres

ADCAN Edition

*" À André Eydoux,
Albert Manoukian, Dépé
et tous les amoureux de l'OM. "*

PRÉFACE

Marseille. L'Olympique de Marseille. Le stade Vélodrome...

Ces trois noms ont transformé ma vie et continuent à me faire frémir, car à Marseille, le football est Roi.

Joueur autrefois et entraîneur aujourd'hui, l'Olympique de Marseille est devenu, depuis longtemps déjà, ma seconde famille. Avec ses hauts et ses bas. Avec ses victoires et ses défaites. Avec, toujours, la même passion.

Dans ce livre, on assiste à une fiction, fondée pourtant sur un fait réel : l'inauguration du stade Vélodrome, le 13 juin 1937. Au fil des pages, on découvre que la ferveur des supporters a toujours été présente. On assiste aussi à cette inauguration, marquée par un match de gala opposant l'OM au Torino. L'OM gagne sa première rencontre de l'histoire du Vélodrome par un but à zéro. Mais ce match va déclencher une série de rebondissements dont on ne connaîtra le dénouement qu'à la dernière page...

Ce roman fait la part belle à l'intrigue, au suspense, mais aussi à l'ambiance unique du Vélodrome et à celle, mythique, de la ville de Marseille.

Pour ma part, hier, j'ai réalisé mon rêve en entraînant l'OM, aujourd'hui, c'est de victoires et de titres dont je rêve pour ce club qui m'est si cher !

Albert ÉMON

CHAPITRE 1
(Paris – 2002)

En parfait philosophe, Francis Boildieu était plongé dans la contemplation d'une mouche imbécile tournant sans fin sous le plafonnier crasseux de l'agence de presse Zelda. À droite, à droite, à droite. Et encore à droite, pour boucler la boucle. Bien que boucle ne fût pas le terme idéal. Car cette mouche volait, tous comptes faits et à bien y regarder, en carré et non en cercle.

Intrigué par cette anomalie linguistique qu'il venait de repérer, Boildieu se resservit un plein verre de Vieux Télégraphe blanc. Un nectar qui possédait aussi des vertus météorologiques, puisque le journaliste ne se permettait un tel choix que lorsque la température ambiante dépassait les 28 °C. Chose rare dans la capitale.

Derrière les fenêtres, quartier Saint-Germain, Paris s'offrait une pause, une parenthèse de presque silence entre les voitures déjà rentrées du travail et celles qui allaient ressortir pour jouir du vendredi soir. Le peu de véhicules laissait entendre de temps à autre le bourdonnement lancinant de la mouche amoureuse d'angles droits. Elle flattait l'oreille de Boildieu, mélomane cartésien, tandis que les sucs glacés du vin blanc qui glissaient dans sa glotte le rassérénaient. Il n'était pas encore saoul, loin s'en fallait. Le journaliste savait calculer le taux idéal d'éthanol dans son corps avec une maîtrise de vieux grognard des barriques. Mais ce vin robuste poussait à la songerie sans but. Peut-être que, lui aussi, un jour et dans une autre vie, avait été une mouche. La métempsychose et ses mystères le fascinaient. Le stade de la mouche, avec ses cercles si carrés, était sans doute l'une des premières vies d'un être.

Subitement conscient de cette évidence, il fixa à nouveau son regard sur l'insecte, comme il l'aurait fait sur un nouveau-né. Il assistait donc à la première des sept ou douze vies d'un même esprit. Un baptême astral, en quelque sorte. À cet instant émouvant, la porte d'entrée claqua et la silhouette trapue du Che passa devant ses yeux en maugréant avant de finir sa course dans la pièce du fond, le bureau d'Aurore de Valandré, la patronne de Zelda.

Cette irruption, dans le microcosme spatio-temporel de la mouche, passa inaperçue. Elle n'interrompit pas sa course, ne modifia pas sa trajectoire d'un iota, parfaite de régularité, sublime d'harmonie. Des larmes faillirent monter aux yeux de Boildieu, mais sa pudeur tout aristocratique tua dans l'œuf le flot lacrymal.

"Dieu que le monde est bien fait… s'entendit-il murmurer."

Et comme il terminait son verre, plein de ferveur et d'amour pour l'humanité entière rassemblée dans cette mouche, des hurlements stridents occupèrent en une fraction de seconde l'espace sonore de l'agence :

" Mais nom d'un chien ! Dites-moi que je rêve !

Aussitôt après ce coup de tonnerre, des talons hauts se mirent à crépiter sur le parquet, et Boildieu comprit que ceux-ci approchaient dangereusement de son paradis ouaté. La voix, à mi-chemin entre la scie à marbre et la roulette de dentiste, reprit avec violence :

" Mais vous croyez que je vous paye pour ça ? Imbéciles ! Idiots ! Incapables ! Fainéants ! Vous travaillez pour l'agence Zelda ! Pas pour une œuvre humanitaire !

À ces mots, elle fit claquer une chemise à plat sur le bureau de Boildieu. Celui-ci, habitué aux délires obsessionnels de sa patronne, consentit à abaisser les yeux sur elle, non sans avoir vérifié que, là-haut, la mouche tenait bon.

" Qu'y a-t-il encore, madame de Valandré ?

Ecumante, le brushing en feu d'artifice, rageuse, le souffle court et le sang aux joues, elle reprit la chemise et l'abattit à nouveau devant elle :

" Il y a que j'en ai assez de vous payer à rien faire ! Qu'est-ce que c'est, ce pseudo-reportage ? À qui voulez-vous que je vende ça ?

– Mais, madame de Valandré, je vous rappelle que…

Elle l'interrompit d'un piaillement suraigu :

" Je suis Aurore, vous m'entendez ? Appelez-moi Aurore ! Aurore ! Aurore ! C'est simple, non ? Aurore !

Malgré la chaleur lourde, elle souleva à nouveau le dossier dans les airs et le jeta pour la troisième fois consécutive devant Boildieu, avant de glapir :

" Puis, appelez-moi comme vous voudrez ! Tout ce que je veux, c'est du bon boulot. Ça, et rien d'autre !

Dans le dos de la harpie, la voix grave du Che s'éleva :

" On a fait ce qu'on a pu. C'est la trêve en ce moment. Et y aura pas de match jusqu'en juillet…

Le pachyderme vitupérant se retourna d'un bloc. Mal engoncée dans sa robe d'un rouge vif, les yeux crépitants d'éclairs, la sueur au front, le halètement spasmodique, elle écrasa le photographe de tout son mépris :

" Arrêtez de me prendre pour une imbécile ! Il se passe toujours quelque chose dans le monde du football… Magouilles, corruption, milieu, mercato en sous-main, drogue, histoires de fesses, dopage : j'en passe et des meilleures ! Qui cherche trouve, c'est bien clair ?

Boildieu savait que le reportage concocté avec son photographe ne passerait pas. Il avait mis trop de tendresse dans ses textes. Et le Che avait tout shooté en noir et blanc, façon Doisneau. Ils avaient passé trois semaines, en dehors de leurs heures de travail, bien entendu, à visiter les arrière-cours, les terrains vagues et les quelques espaces verts de Paris, à suivre les gamins taper dans un ballon. Un vrai reportage à la Cendrars, avec de la vie et de l'âme. Un de ceux qui vous font aimer le journalisme d'investigation, celui où l'on ne débite pas des papiers sans intérêt, truffés d'évidences, de lapalissades, de pléonasmes, de redondances de toutes sortes, et de lamentables envolées faussement lyriques pissées par un incontinent de la plume persuadé d'être London ou Steinbeck.

Boildieu racla sa gorge et plaida, d'une voix qu'il voulait ferme :

" Ce reportage se vendra très bien. La rue, les enfants, les matches interminables et sans enjeu : tous les footballeurs du monde ont commencé ainsi.

Nouvelle volte-face irritée de la gardienne du camp de la mort :

" Pauvre Boildieu… Vous croyez vraiment que les gens s'intéressent à ce qu'ils peuvent voir sous leurs fenêtres ?

– J'ai la faiblesse de le croire, oui…

D'un air entendu, elle désigna la bouteille de vin d'un hochement du menton :

" La faiblesse, oui. C'est bien le mot…

Dans son dos, le Che intervint :

" Essayez quand même de le fourguer, ce reportage !

Pour donner plus de poids à ses arguments, il contourna l'effroyable forteresse aux aisselles tatouées de sueur :

" Ils vont aimer, vous allez voir ! Boildieu a écrit un papier trop génial et je vous jure que si...

– J'ai dit non ! Ce reportage ne vaut pas un clou ! Trouvez-moi plutôt des affaires bien grosses, dénichez-moi des scandales comme celui de Clairefontaine (1). Ah, celui-là... Ça, c'était un coup ! Et un fameux !

Boildieu protesta :

" Et puis quoi, encore ? Ça m'a coûté quatorze points de suture sur l'occiput, cette affaire !

La chemise en carton fendit à nouveau les airs et gifla le plateau du bureau avec rage :

" Je ne veux pas le savoir ! Trouvez des infos ! Inventez-en, si vous voulez ! Mais je veux du gras, c'est compris ?

Un semblant de silence fut sur le point de reprendre ses droits. La mouche tenait toujours bon dans les airs. C'est alors qu'Aurore de Valandré se reprit. D'un ton chafouin, enrobé de miel, elle embraya sur un ton moins aigre qui tentait de virer au sympathique :

" Finalement, c'est d'accord. Je veux bien essayer de le vendre, votre reportage. Mais vous, vous allez

---

(1) *Y'a plus de sushis pour les Bleus*, Lilian Bathelot, *FootPolar* n° 3.

me chercher ce que je veux… Demain, vous faites vos valises. Et vous filez à Marseille !

Le Che, fils naturel de la CIA et du FBI réunis en matière d'informations footballistiques, écarquilla des yeux ronds d'incompréhension :

" Mais c'est la trêve, je vous dis ! Tous les joueurs de l'OM sont en vacances !

Le sourire de la Valandré avait résisté sept secondes. Un record. Sitôt que le photographe eut lâché son dernier mot, un rictus d'irritation mêlé de rage le remplaça illico :

" J'ai dit : vous partez à Marseille ! Le mercato est ouvert, vous trouverez bien quelque chose de croustillant à vous mettre sous la dent. C'est la spécialité du club, les affaires louches et les combines. Tous les médias vont sauter sur votre reportage… Je ne le vendrai pas des millions, mais au moins, je vendrai quelque chose !

– Mais je vous dis que…

Dernier, et définitif, claquement de la chemise sur le bureau :

" Demain ! Et si vous ne trouvez rien, rabattez-vous sur les supporters marseillais. Ça fait vendre, le Marseillais… Et je compte sur vous pour y mettre le paquet et me parfumer tout ça à la sardine et au pastis ! Ça ne fera pas un scoop non plus, mais ça détendra les lecteurs. Un peu de Marius et Olive, ça rassure…

Sûre d'elle, dans une atmosphère pesante, Aurore de Valandré reprit la direction de son bureau sous les regards abasourdis des deux hommes. À chaque pas, les talons hauts pliaient sous sa masse. Ils auraient à coup sûr gémi de douleur s'ils avaient pu faire entendre leur voix.

Boildieu se rassit sans piper mot. La perspective de partir pour Marseille le remplissait de joie et de dépit. Tout comme le Che, qui avait dû laisser sur les bords de la Méditerranée une bouillante journaliste, joliment prénommée Morgane, un amour de passage lors de l'affaire de Clairefontaine, il éprouvait pour cette ville une immense tendresse.

Comme beaucoup de monde, ils aimaient Marseille. Mal ou bien, ils aimaient cette mosaïque de villages forts en gueule, ce pays où l'on remuait de la poussière pour mieux se cacher des yeux étrangers. Pas par bravade. Mais par pudeur. Presque par honte.

Pourtant, cette joie était gâchée. L'OM servait de cadavre à tous les médias en manque d'inspiration. Si ça n'avait pas été honteux, c'en aurait presque été risible de voir la façon dont le moindre transfert, la plus petite déclaration prenaient dans la presse des proportions de scandale.

Ça, oui ! Marseille faisait vendre. Il n'y avait pourtant pas plus de gens bien que de salauds dans ce club. Il était à l'image de toutes les autres équipes de la Ligue 1. Mais il était fantasmatique. Il irritait ou passionnait avec la même violence. On lui prêtait tous les vices, toutes les bassesses. Pour un peu, on aurait presque laissé dire que ses dirigeants ne se rendaient au Vélodrome qu'avec les chaussures bicolores, les guêtres, le feutre mou, et lestés de pistolets dans chaque poche. Hélas, hormis la finale européenne de 1993, on ne lui reconnaissait aucun mérite depuis les Skoblar, Magnusson et autres Carnus. Chaque victoire semblait louche et sentait la poudre, le match truqué, l'arbitre acheté.

Et le Che et Boildieu allaient devoir participer à cette curée, s'ils voulaient toucher leurs salaires en fin de mois.

D'un geste las, Francis Boildieu se resservit un verre de vin blanc. Pas une seule goutte n'accepta de sortir du goulot. La bouteille était raide sèche. Sale coup.

En lançant un dernier coup d'œil au plafonnier, il s'avoua aussi, avec amertume, qu'au fond, il n'y avait finalement rien de plus con qu'une mouche.

Il y avait des jours où, vraiment, rien n'allait plus…

Chapitre 2
(Marseille – 1937)

Soudain, le quartier du Panier explosa. Il était dans les dix-huit heures, et toutes les gorges se mirent à hurler des cris de joie et de triomphe dans la torpeur de cette après-midi de juin. Au sein du triangle formé par le quai du Vieux-Port, l'avenue de la République et le quai de la Tourette, le village marseillais entra subitement dans une transe collective. En italien et en corse, dans des dialectes mâtinés de français et de provençal, hommes, femmes, enfants et vieillards, et jusqu'aux bandes de chiens et de rats, tous furent pris d'une frénésie jubilatoire. L'information n'avait pas été longue à se propager dans ces ruelles crasseuses, rebondissant d'une façade à l'autre, avec force cris de fenêtre à fenêtre. La Charité, l'Hôtel Dieu et la grosse Major en résonnaient jusqu'au plus profond de leurs vieilles pierres.

L'information valait bien tout ce tapage...

Place Sadi-Carnot, là où tout avait commencé, un cortège commençait à se former. Deux solides gaillards, tout en bleu de Chine délavé, le visage déformé par une joie violente, portaient sur leurs épaules, au milieu des gamins cavalant dans tous les sens, un jeune homme d'à peine dix-sept ans. Silvio Bianco. Les cheveux noirs de jais agités en mèches folles, un sourire hilare aux lèvres, les yeux embués de larmes de se voir ainsi porté en triomphe, les bras formant timidement le V de la victoire, il rayonnait. Sur le dos, le maillot blanc frappé de la croix bleu de l'Olympique de Marseille dégouttait de sueur. Les chaussettes de laine baissées en tire-bouchon, une cigarette derrière l'oreille, Silvio savourait sa victoire et se frottait parfois le visage vigoureusement, pour bien se persuader qu'il ne rêvait pas. Autour de lui, tous les habitants du Panier scandaient son nom. À chaque seconde, la troupe grossissait et les vivats fusaient dans un désordre bon enfant. Des étages, des femmes lui jetaient des fleurs ou des mouchoirs blancs. Des hommes serraient les poings avec rage, pour bien montrer, eux aussi, leur solidarité.

Il régnait à cet instant sur le quartier une bonne odeur de joie, de plaisir immédiat, de revanche sur la vie. Et de fraternité.

Portant haut son héros, la foule trancha le village par la rue des Belles-Écuelles, tira droit par la rue du Panier, contourna la place des Treize-Coins et, sur la gauche, enfila la rue de l'Évêché pour finir sa course sur la place de Lenche. Devant le bar Le Charlot, un imposant comité d'accueil s'était formé.

Carlo, le patron, un Sicilien à la moustache en cornes de taureau, le tablier bleu tendu sur le ventre, gardait les bras croisés sur la poitrine. Lui, tout le monde le respectait. Derrière son comptoir, il représentait une espèce de maire occulte, une autorité naturelle. D'abord, il savait écrire. Et en français, en plus. Il avait aussi le téléphone. Au besoin, il faisait office de banquier et prêtait de l'argent aux femmes dont les maris sillonnaient le globe à bord de lourds cargos. Ça faisait bouillir la marmite et toutes les dettes, au retour, étaient payées rubis sur l'ongle.

Près de lui, Marco Marcello, un Calabrais malin comme une fouine. On ne savait pas trop ce qu'il trafiquait dans l'existence. Mais il était toujours vêtu du dernier chic et c'était grâce à Marco que le Panier, selon les arrivages des soutiers dans le bassin de stationnement, embaumait la banane, l'orange mûre, le safran, l'anis étoilé, le riz, le café, le gibier. Il trouvait toujours tout. Et c'était également par ses bons soins que tous les hommes portaient le bleu de Chine, qu'il vienne de Djibouti, de Shanghai ou, pour les plus aisés, de Canton.

Dernier membre du trio d'accueil, Antoine Amato. Ce jeune homme de vingt-cinq ans tout juste constituait la réelle fierté du Panier. À ce jour, il était le seul à avoir obtenu son diplôme d'instituteur. C'était un col blanc. Il enseignait même en dehors du quartier, dans la ville, celle où l'on ne se rendait qu'avec les habits du dimanche, les jours de fête. Son école se situait près de la gare Saint-Charles, cette gare qui avait vu passer ses parents trente ans plus tôt, à pied, parlant uniquement un sabir calabrais. Antoine, à coups de gifles reçues et d'efforts incessants, avait été le premier à devenir tout à la fois marseillais en titre, instituteur et, aujourd'hui, locataire d'un appartement coquet, eau et gaz à tous les étages, place des Grands-Carmes.

Dans les hourras passionnés de la foule, Silvio fut déposé sur le sol et se fraya un chemin à grand peine, le dos tout électrisé par les bourrades et les claques amicales, jusqu'à Carlo. Celui-ci, pendant quelques secondes, ne bougea pas d'un pouce. Devant lui, Silvio se dandinait d'un pied sur l'autre, gauchement, ne sachant que faire. Quand le bouillonnement des clameurs s'estompa, Carlo ouvrit enfin ses grands bras, fit un pas en avant et, le regard ému jusqu'aux larmes, il serra sur sa poitrine l'adolescent pour une accolade qui déclencha à nouveau les applaudissements de tout le quartier. Dans cette embrassade officielle, pour jouir encore de l'information, mais en égoïste cette fois, il lui demanda à l'oreille :

" Alors, petit ? C'est bien vrai ? Tu y seras demain ?

– Oui, monsieur Carlo. Je débute demain avec l'OM, en équipe une. Contre le Torino. Et pour le match d'inauguration du nouveau stade…

Une heure plus tard, lavé et changé, Silvio dégustait dans le fond de la salle du bar un splendide Lambrusco, un vin rouge en bouteille cachetée que l'on ne sortait que pour les grandes occasions, pétillant comme les yeux d'une femme qui devient amoureuse.

Dehors, à l'heure de l'apéritif, la fête s'organisait. Deux guitares et une mandoline avaient fait leur apparition. Dans les appartements des rues Saint-Thomé ou de la Cathédrale, des ragoûts de chats, ces poissons bon marché mais bourrés d'arêtes, mijotaient dans de la sauce piquante et aillée à souhait. Bientôt, les marmites descendraient dans les rues, on mangerait à la fraîche, sur le porche de chaque immeuble. Le poisson pour le goût, la polenta pour la faim, le vin rouge pour le plaisir.

Et toujours, cette formidable nouvelle que l'on suçait sans arrêt avec jubilation, à la manière d'un flacon d'extrait d'anis que l'on achetait à la pharmacie et avec lequel on fabriquait son propre pastis : le petit était sélectionné en équipe première. Il jouerait demain face au Torino. Une vengeance pour tous ceux du Panier…

Carlo, le patron, resservit une large rasade de Lambrusco à Silvio. Puis, il ralluma son mégot de gris et se pencha par-dessus la table de bois grossier. Imité tout aussitôt par Marco et Antoine, qui voulaient eux aussi tout connaître de son aventure, il interrogea d'une voix grave :

" Dis-moi, petit ? Comment ça s'est passé ? Raconte un peu… Mais cette fois, c'est entre nous. Tu nous mets bien tous les détails ! "

Silvio se cala confortablement sur sa chaise. De l'extérieur montaient les voix de deux hommes qui poussaient les notes d'une chanson comique dont les paroles déchaînaient des vagues d'hilarité parmi l'assistance. Il reconnut l'air. C'était celui que son père chantait à la fin des banquets. Un air heureux d'une époque perdue. À son tour, il alluma sa cigarette et raconta :

" Je sais pas par où commencer, monsieur Carlo. C'est simple, en fait... À l'entraînement, au stade de l'Huveaune, y a monsieur Eisenhoffer qui m'a dit d'aller sur le bord de la touche, parce que le président voulait me parler.

Marco la fouine écarquilla des yeux incrédules :

" Le président ? Tu veux dire... Le président ?

– Oui. Henry Raynaud...

Le Calabrais, d'un geste respectueux, redressa son galure du bout des doigts et leva les yeux au ciel :

" Le président de l'Olympique de Marseille et de Mattei Cap Corse... Et il l'appelle par son prénom ! C'est beau, la célébrité...

Un seul regard de Carlo, lourd de menaces et de réprobations, suffit à le faire taire. De sa voix calme, Silvio reprit :

" À côté de la voiture, y avait Henry Raynaud et aussi monsieur Blanc. Ils fumaient de gros cigares et, quand je suis arrivé, ils faisaient de drôles de têtes...

– Quelles têtes ? s'inquiéta Carlo. Des têtes de présidents contents ou des têtes de présidents embêtés ?

– Un peu les deux, monsieur Carlo. Ils m'ont serré la main et...

La fouine l'interrompit à nouveau :
"La main ? Quelle main ? La droite ?
– Oui, pourquoi ?
Sans répondre, Marco saisit la main de Silvio et la baisa à trois reprises, avec une ferveur mystique :
"*Dio mio* ! Notre petit Silvio, il a touché les mains des présidents !
En bon instituteur laïque, Antoine mit fin à ces simagrées avec une nouvelle question :
"Alors, qu'est-ce qu'ils t'ont dit ?
– Que Olej était blessé. Et que demain…
Soudain, des larmes d'émotion montèrent subitement à ses yeux, pendant que les trois hommes, bouches bées, attendaient la suite avec une impatience grandissante. Silvio parvint à se contrôler, reprit son souffle et lâcha enfin :
"Et que demain, je jouerai avant-centre contre le Torino…
Dans le silence, la fouine se signa à quatre reprises, l'instituteur ôta ses lunettes pour y nettoyer une buée imaginaire. Et Carlo regarda, presque amoureusement, ce petit bout d'homme.

Silvio avait quitté le Piémont après la mort de ses parents. Il avait huit ou neuf ans et avait suivi une famille de passage qui quittait l'Italie, chassée par la peur des chemises noires fascistes. Arrivé à Marseille, le hasard ou sa destinée l'avait conduit dans ce quartier du Panier où tous les habitants l'avaient accueilli en frère d'infortune. Pour gagner trois sous, il avait fait mille petits métiers et, dès la fin de ses journées, son seul plaisir était d'accourir sur la place de Lenche où il passait son temps à jongler avec tout ce qui lui tombait sous le pied. Carlo se souvenait même l'avoir vu jongler plus d'une heure avec une pièce de cinq sous avant de la faire retomber, d'un coup de patte agile, dans la poche avant de son bleu de Chine.

Ce match du lendemain n'était vraiment pas une rencontre comme les autres. Loin de là. D'abord, parce que l'OM venait de remporter le premier titre de champion de France de l'histoire, avec l'inévitable Zatelli, mais aussi Aznar, Kohut, Bastien. Sans parler de son fantasque gardien brésilien Vasconcellos, surnommé à juste titre le Jaguar. Ensuite, parce que le club quittait définitivement le stade de l'Huveaune où, le 20 mai dernier, ils avaient perdu contre Sochaux par un à zéro leur dernier match de l'époque héroïque. Enfin, parce que demain, ce serait le premier match dans l'enceinte d'un nouveau stade, flambant neuf, et sobrement baptisé le Vélodrome. Ce temple du sport, imaginé par les architectes Pollack et Ploquin, répondait enfin aux attentes de tous les Marseillais. Trente mille places, des tribunes s'élevant presque à la verticale... Outre l'Olympique de Marseille, ce bijou monumental accueillerait, dès l'an prochain, la coupe du monde de football.

La porte du bar s'ouvrit bruyamment. Une dizaine d'adolescents, tout juste de retour du port où ils gagnaient leurs vies comme aconiers, firent irruption. Dans un bel ensemble, ils entourèrent Silvio et les trois hommes, et les pressèrent de questions, le rire aux lèvres, des éclairs de joie plein les yeux. Aussitôt, la fouine saisit l'occasion de briller. Il multiplia les détails, enjoliva la nouvelle, inventa au besoin. Le tout, sous les yeux complices de l'instituteur. Silvio, du coup, n'avait plus besoin de raconter une énième fois son après-midi héroïque. On s'en chargeait à sa place.

Et cela tombait bien.

Dans l'encadrement de la porte d'entrée, la silhouette de Marcia venait de se découper. D'origine espagnole, ses longs cheveux noirs descendant jusqu'au milieu du dos, elle possédait un charme troublant, une grâce naturelle, et elle dégageait un appétit de vivre que soulignait chacun de ses gestes, même les plus anodins. Vêtue d'une robe légère à imprimés, elle ne lâchait pas Silvio du regard, à la fois sûre de sa force de séduction, et hypnotisée par le spectacle de ce jeune homme fêté comme un demi-dieu.

Marcia avait seize ans. L'âge des premières amours qui comptent, celles qui sentent la fugue, l'explosion de tout un corps où le désir de la femme prend le pas sur l'innocence de la fillette.

Pendant que la fouine, mais aussi l'instituteur qui s'était piqué au jeu et donnait un cours magistral sur l'art du dribble, commentaient la grande nouvelle, du temps que Silvio s'esquivait discrètement pour rejoindre la silhouette brune et souple de Marcia, alors que, dehors, les chansons continuaient mais empruntaient un tempo plus tendre, presque nostalgique, en harmonie avec la nuit en marche, Carlo pensait au match du lendemain. Ce ne serait pas un match banal, c'était certain. L'Italie fasciste avait gagné sur ses terres la précédente coupe du monde, en 1934. Depuis son arrivée au pouvoir, le Duce pérorait, en gros coq malin et bouffi de fierté. Trucages et tricheries innombrables : il avait tout orchestré. Jules Rimet, le créateur de l'épreuve, avait même déclaré : " La fonction de président de la FIFA a été exercée de fait, pendant la coupe du monde, par Mussolini. " Le Duce s'en foutait. Le Torino, têtes blondes et regards fiers, venait au Vélodrome. Les journaux cinématographiques de la Luce ne manqueraient pas de chanter les louanges de l'homme nouveau, fierté de l'Italie victorieuse.

Cela sentait le défi. La chemise brune, cachée sous le maillot de football.

Ici, au Panier, ils étaient presque tous venus à Marseille mendier une patrie. La leur, l'Italie, ne leur appartenait plus. Le fascisme les avait repoussés au-delà des frontières.

L'Olympique de Marseille contre Torino. Demain, ils iraient tous au Vélodrome. Tout le Panier serait là.

Une simple question d'honneur…

Chapitre 3
(Marseille – 2002)

Durant tout le voyage entre la gare de Lyon et celle de Saint-Charles, à Marseille, Boildieu n'avait pas desserré les dents. Lui, le dandy de la plume, le fataliste, le désabusé, n'avait rien dit. Pas un mot. Pas le moindre grognement. Le TGV avait filé en droite ligne, transperçant la France de part en part, figeant les vaches et autres ruminants dans des expressions de surprise, façon Andy Warhol. Et Boildieu n'avait pas pipé. Même les incontinents du portable, ceux qui bavassent des heures entières à haute voix, dévoilant leurs existences misérables à tous ceux qui ne veulent surtout pas les entendre, même ces impudiques du cellulaire, hommes ou femmes, vieillards ou adolescents pré-pubères, même ces exhibitionnistes vocaux n'avaient pas réussi à sortir Boildieu de sa torpeur, lui d'ordinaire si prompt à stigmatiser la connerie humaine sous toutes ses formes d'une réplique bien sentie.

Bref, il boudait comme un gamin.

À la gare Saint-Charles, le Che, harnaché d'une noria de sacs et de valises contenant son matériel photographique, son portable et quelques effets personnels, avait hélé le premier taxi vacant. D'une voix atone, Boildieu avait tout de même indiqué l'adresse :

" Villa Lucette, impasse Berlingot dans le septième, je vous prie…

Puis, il était retombé dans son mutisme rageur, tandis que la Mercedes sinuait mollement jusqu'aux pieds de Notre-Dame de la Garde.

Le chauffeur de taxi, un homme au visage rougeaud d'une cinquantaine d'années, appartenait à la race des bavards invétérés, de ceux qui utilisent leurs clients comme autant de psychanalystes de passage sur lesquels il pouvait déverser ses peines et ses joies. À peine avait-il engagé son bahut dans le boulevard d'Athènes qu'il commença par leur parler du temps, de la couche d'ozone puis, pêle-mêle, de " ces salauds de politiques qui ne pensent qu'à s'en mettre plein les fouilles, de l'insécurité, de la mauvaise image de Marseille qu'on ne mérite pas, des femmes qui sont encore plus compliquées que des montres suisses, des Arabes finalement plus faciles à gérer que les Roumains, des grands travaux de la Joliette, des bienfaits des voitures climatisées, de son cabanon près des Goudes, sans oublier sa femme, ses enfants et sa putain de belle-mère… ".

Le tout, sans que cette incontinence verbale ne déclenche la moindre réaction chez Boildieu, pas plus que chez le photographe.

Comme la circulation bouchonnait, il en rajouta une couche sur le football :

" Moi, je suis supporter de l'OM depuis quarante-cinq ans ! Et je peux vous dire que ce club, qui m'a apporté tant de joies, est aujourd'hui à l'agonie…

Le Che eut la gentillesse de lui donner la réplique :

" Alors, vous continuez quand même à aller au Vélodrome ?

– Oui, monsieur. Mais j'y vais par respect pour le passé. Parce que ce football de mercenaires, ça ne vaut plus un pet de lapin…

– Vous n'aimez plus le football ?

Le taxi s'arrêta à un feu rouge, et le chauffeur se retourna subitement vers ses passagers avec un regard illuminé :

" Le football, c'est toute ma vie… J'aime le football, mais le vrai ! Et maintenant, j'attends tous les étés pour aller au Beach Soccer…

Il avait prononcé ces deux mots avec gourmandise, et il avait articulé de façon accentuée, de telle sorte que cela avait fini par donner : *biche soccer*. Tout à sa jouissance, il avait repris :

" Ça, messieurs, c'est l'essence du football ! Plus de marionnettes ! Dix vaillants sur le sable, trois mi-temps de douze minutes, des actions de folie et des buts de seigneurs… Ce sont eux les poètes de la balle, les artistes du ballon rond, les Don Quichotte de la reprise de volée et du sombrero !

Tout à sa ferveur, il poursuivit sa tirade sans prêter attention au feu devenu vert et aux premiers coups de klaxon qui retentissaient derrière eux :

" Parce que tout s'explique... Le *biche*, c'est né au Brésil, messieurs. Et le Brésil, c'est le pays du football avec Copacabana, le Maracana, Pelé, Socrates, Didi, Ronaldo, Vava ! C'est le paradis des plages, avec des femmes magnifiques, tanquées comme des déesses ! Allez au Prado pour seulement assister à un match, et vous serez au Brésil, à Rio-de-Janeiro...

Une tempête de klaxons le tira soudain de sa léthargie et la Mercedes redémarra souplement. Le conducteur souffla encore, pour lui-même :

" Le Brésil, ça oui. Parce que si le football sait plus rêver, alors il est mort, lui aussi...

À dix-neuf heures pile (le jingle hurlé par le présentateur de Radio l'OM – *Y a pas d'arrangement !* – l'attesta bruyamment dans les baffles du taxi), le chauffeur déposa enfin les deux hommes devant la villa Lucette. Boildieu attendit que la voiture effectue sa marche arrière dans cette venelle en cul-de-sac dominant Marseille pour planter son nez au ciel et déclamer soudain, voix tremblante et bras raidis contre le corps :

" Marseille, porte de l'Orient ! Tu es aussi la porte de mon passé ! La porte de mon présent recèle tant de fantômes ! Et celle de mon avenir s'ouvre sur mon passé...

Le Che ne put s'empêcher de sourire et de murmurer :

" Et si tu ouvrais la porte de Lucette, on pourrait peut-être entrer, non ?

Boildieu laissa retomber sa tête sur sa poitrine, d'un air visiblement navré :

" Mon pauvre garçon... Si tu crois que je ne saisis pas toute la perfidie de ta malheureuse intervention, tu te trompes.

– Quelle perfidie ? J'en ai plein les Converse de ce putain de voyage ! J'aimerais juste que tu ouvres la porte et qu'on se pose.

Boildieu reprit son air théâtral, celui qu'il choisissait toujours lorsqu'il s'apprêtait à se lancer dans ses interminables souvenirs :

" Ouvrir Lucette... Mais quelle bassesse dans ces propos ! Sais-tu seulement ce qu'est la villa Lucette ?

– Non seulement, je m'en tape le coquillard, mais en plus je...

– Petit mécréant ! Mais la villa Lucette appartient à l'idéal fait femme, à l'amour de l'humanité incarné, à la récipiendaire du savoir, à la muse de la littérature ! À Anne-Marie Le Phalène...

Les yeux voilés par l'émotion, il saisit le Che aux épaules et lui murmura :

" Ne salis pas l'amour, compère... Anne-Marie est la maîtresse femme, le savoir pur. Je l'ai connue dans les années 1970, lorsque j'étais encore un fringant jeune homme, avide de découvrir le monde. Elle était rousse comme le feu, pétillante d'esprit. Nous nous sommes connus autour d'un trou d'eau, au plus profond du désert marocain, alors que je marchais depuis cinq jours et cinq nuits sous le soleil ardent, sans rien manger ni boire, à la recherche de ce précieux liquide…

Boildieu fit un pas en arrière et ouvrit grand ses bras :

" Imagine le tableau, mon fidèle ami… Un océan de sable s'étendant à l'infini. Moi, rampant entre scorpions et serpents, la langue plus sèche que de l'étoupe, luttant contre la mort imminente. Soudain, cette minuscule oasis ! La vie ! Et là, Anne-Marie apparaît…

Le Che haussa un sourcil impatient. Il aurait même pu lever les deux, rien n'y aurait fait. Boildieu était lancé :

" Anne-Marie Le Phalène… J'oublie tout : la soif, la faim, le soleil, les scorpions, les serpents minute et même jusqu'à ma tenue de pauvre hère. Son regard, mon ami… Et sa beauté ! À la fois Sylphide et Messaline, venue jusque-là pour étudier les hommes bleus, les Touaregs, et que sais-je encore ?

– Et toi ? Qu'est-ce que tu foutais dans le désert ?

Boildieu chassa la question d'un revers de main :

" Mais je ne sais plus, moi ! Peut-être n'avais-je entrepris tout ce périple que pour croiser le regard de cette princesse arabe…

– Elle est arabe, Anne-Marie ?

Boildieu laissa cette fois retomber ses bras le long de son corps, en signe de désolation, face au cartésianisme du Che. Il avait pourtant encore bien des aventures à raconter sur cette étrange Anne-Marie, des scènes où se mêlaient narguilés odoriférants, cheikhs, danses du ventre, bivouacs infestés de fennecs et autres contes arabisants. Alors qu'il allait tenter de reprendre le fil de son histoire, un étrange personnage sortit de la petite villa et vint leur faire face.

Malgré la chaleur écrasante de cette fin d'après-midi, cet homme était vêtu d'une lourde veste de peau à longues franges, de pantalons taillés dans la même matière, de bottes tout aussi frangées que la veste, et il arborait un collier de perles multicolores sur la poitrine. Tout en hauteur, d'une maigreur impressionnante, il monta les trois petites marches de pierre qui donnaient sur la rue et, en boitant bas, il s'approcha des deux hommes qu'il toisa, sans laisser paraître de sentiments sur son visage halé. Enfin, sa voix éraillée, sans accent notable, glissa dans l'air :

" Bonsoir. Je suppose que vous êtes les amis de madame Le Phalène. Je vous souhaite bienvenue en son nom…

Le Che, à la vue de ce vieillard raide comme un i, sorti tout droit d'un western des années 1950, écarquilla des yeux éberlués, à mi-chemin entre le rire et l'admiration. Tout y était. Le costume, mais aussi la posture, le ton sage et détaché, les cheveux blancs tombant jusque sur les reins et, surtout, le visage. Une caricature d'Indien buriné, aux yeux plissés en soufflet de forge, énigmatiques, au long nez aquilin surplombant un menton portant haut. Il ne manquait que le cheval et le calumet. L'homme pouvait avoir dans les quatre-vingts ans.

Boildieu, en retour d'Arabie, toussota légèrement :

" Merci beaucoup, cher monsieur… Mais savez-vous où se trouve Anne-Marie Le Phalène ?

Pour toute réponse, l'homme fit une lente volte-face, saisit au passage les deux lourdes valises de Boildieu sans effort apparent, et pénétra dans la villa Lucette, toujours claudiquant.

"Putain d'Adèle… souffla le Che, abasourdi. Venir à Marseille pour voir des Sioux…

Attiré comme par un aimant, il embraya le pas à la silhouette fantomatique qui disparaissait, happée par l'entrée obscure de la maison. Boildieu, plus distrait, les suivit à son tour tout en murmurant pour lui-même :

"Quelle femme, tout de même…

Où diable Anne-Marie Le Phalène avait-elle trouvé ce phénomène de foire ? Après les Touaregs, les Hommes bleus et, sans doute entre-temps, quelques Inuits, Brahmanes et autres pygmées ou Africains à plateau, sans doute s'était-elle lancée dans l'étude des descendants des Indiens. Une paille…

"Quelle femme… Mais quelle femme ! s'enthousiasma-t-il à nouveau.

Cela faisait plusieurs années que le vieux journaliste n'avait plus revu Anne-Marie Le Phalène. Quelques coups de fil et, le cas échéant, des lettres ou de simples cartes postales les unissaient encore. Lui, courait les sous-préfectures. Elle, arpentait le monde. Quand il était à Marseille, elle pagayait sur l'Amazone. Quand elle traquait l'Inca, il couvrait une rencontre de PHB à Saint-Quentin-en-Yvelines. C'était en gros ce que disait le petit mot qu'elle avait laissé à son attention, posé sur la table du salon, et qui se terminait par cette phrase : " Prends soin de toi, mon adorable rêveur… "

Pendant que le Che montait et descendait les escaliers de la villa, émerveillé comme un gamin par la vue sur la Méditerranée, les piles de livres plaqués aux murs et qui semblaient soutenir jusqu'au toit, les azulejos en fresques multicolores, les machettes de tous crins, arcs, flèches, têtes d'Indiens réduites, reproductions à l'identique de momies, temples grecs et égyptiens, roses des sables, tajines empilés, tapis persans, flûtes berbères, chucalhas et surdos brésiliens, sans oublier des estampes japonaises et quelques boomerangs australiens, pendant ce temps-là, donc, Boildieu avait découvert le trésor de la maison. Dans le ventre d'un long meuble d'inspiration thaïlandaise fait de teck finement ouvragé, il trouva plusieurs dizaines de pièces rares, soigneusement alignées, classées, répertoriées, toutes si belles qu'il faillit en tomber à deux genoux.

Jalousement, Anne-Marie Le Phalène collectionnait avec un goût sûr les plus beaux fleurons des bouteilles de rhum issues des Antilles ou de l'océan Indien : Dillon, Bologne, Trois Rivières, Lamauny, mais aussi Clément, Neisson, Chatel, Père Labat. Après plusieurs minutes de réflexion intense, Boildieu choisit le rhum de plantation Tartane, le G. Hardy, qui avait emporté la médaille d'or à Marseille en 1923. Il fit sauter le bouchon d'un tour de poignet ému et respectueux. L'alcool libéra aussitôt dans la pièce ses fragrances de canne à sucre et de vieux fûts de chêne. Dans un verre dépoli, il versa l'alcool avec la même précaution que si cela avait été de la nitroglycérine. Le liquide brun, ambré, coula avec le bruit légèrement gras et tendre de l'eau de source aux bouches des fontaines moussues.

Finalement, ce voyage impromptu à Marseille, nonobstant le reportage à réaliser, ne démarrait pas si mal…

Soudain, le claudiquement lent de l'Indien fit sursauter Boildieu. Il posa immédiatement la bouteille et, assis sur le canapé en rotin, interrogea l'homme du regard. Celui-ci, les bras toujours croisés sur la poitrine en une attitude digne de guerrier, avança :

" Je ne sais pas si madame aimerait que vous buviez les bouteilles de sa collection…

– Cher monsieur, vous avez employé le terme exact : madame. C'est bien la mienne de dame. Depuis que nous nous connaissons, ma dame et moi-même avons toujours partagé ce goût du bel alcool.

Voulez-vous vous joindre à moi ?

L'homme refusa d'un hochement de tête poli.

" Tant pis pour vous ! Ce rhum est pourtant un breuvage exquis !

Ce disant, Boildieu se laissa aller en arrière et jouit de la robe de l'alcool. Celle-ci s'irisait dans un rai de dernier soleil se frayant un passage dans la pièce, grâce à une meurtrière habile creusée à même le mur. Enfin, après avoir absorbé une gorgée gourmande qu'il laissa fondre sur sa langue, il demanda :

" Puis-je savoir qui vous êtes, je vous prie ?

L'Indien fronça les sourcils, subitement méfiant :

" Et vous, qui êtes-vous ?

– Nous ? Moi, je suis Francis Boildieu, journaliste. Et le gamin qui fait du yo-yo dans les escaliers est photographe, et se fait appeler le Che.

Subitement, l'œil de l'homme se mit à briller. Il demanda encore :

" Et qu'est-ce que vous faites à Marseille ?

Une nouvelle gorgée de ce vieux rhum bien poivré délia la langue de Boildieu :

" Rien de très excitant, hélas ! Notre agence nous a demandé de venir ici pour ramener de l'information sportive, footballistique, pour être plus exact. Au fait, aimez-vous le football ?

L'Indien, avec une dextérité étonnante, s'était mis à se rouler une très fine cigarette de gris, à l'aide de sa seule main gauche. Il répondit :

" Oui.

Face à tant d'enthousiasme et à cette avalanche de détails, Boildieu reprit :

" Puis-je au moins savoir votre nom ?

– Je suis Akubêté, l'Indien blanc… Mais vous pouvez aussi m'appeler Adrien.

– Plaît-il ?

– Akubêté, le fils de D'Jelmako, le Tonnerre qui gronde. Mais ici, à Marseille, tout le monde m'appelle Adrien.

Assis maintenant sur les marches des escaliers, le Che ne perdait pas une miette de la scène. La flamme du briquet incendia la cigarette et l'Indien reprit :

" Mon père, D'Jelmako, était le plus grand fildefériste du monde. Il savait tout faire. Et j'ai suivi sa voie. Avec madame Le Phalène, j'ai même franchi les chutes du Niagara. C'est là qu'on s'est rencontré. Comme le métier ne payait plus, je suis rentré avec elle, à Marseille. J'habite à côté et je lui fais son jardinage.

Jugeant qu'il en avait déjà largement trop dit, Akubêté, ou Adrien, boita jusqu'à la porte d'entrée et, avant de la refermer derrière lui, il ajouta à l'attention des deux hommes :

" Si vous avez besoin de moi, j'habite au bout de la rue. Adrien.

Puis, il disparut.

Le Che se déplia et vint à son tour se servir un verre, sous l'œil réprobateur de Boildieu qui estimait que le gosier de son photographe était trop jeune pour apprécier ce rhum à sa juste valeur. Sur un ton amusé, le petit Basque lâcha :

" T'as raison. Elle est un peu strange, ta copine… Remarque, ça nous fait déjà un sujet, non ?

– Quoi ?

– Un Marseillais qui se dit Indien, qui a cent deux ans, qui aime le foot, qui se roule des clopes d'une seule main et qui a traversé sur un fil de fer les chutes du Niagara, c'est sûr que la Valandré, ça va pas la faire monter au plafond… Mais qui sait ? Elle est tellement branque ! Entre lui et le *biche soccer*, on n'a que l'embarras du choix…

À cet instant, un téléphone dans la poche du Che se mit à sonner. Il le sortit, décrocha et le tendit à Boildieu. Celui-ci, farouchement rétif à toute technologie au point de refuser de garder son propre cellulaire sur lui, s'en saisit du bout des doigts, avec un rien de dégoût :

" Francis Boildieu, j'écoute…

Dix minutes plus tard, il rendit avec la même répugnance son portable au Che, qui raccrocha. Puis, avec une mine réjouie, il se resservit un nouveau verre de rhum. Après la première gorgée, il fit claquer sa langue de satisfaction :

" Mon cher ami, je pense que nous ne serons effectivement pas venus à Marseille pour rien !

– Pourquoi ? Y a ta princesse arabe qui rapplique ? railla le Che.

– Pas du tout, très cher. Elle est quelque part sur le globe, et je prie ardemment pour que les dieux veillent sur elle…

– Qu'est-ce qu'y a, alors ?

Boildieu, dont l'alcool commençait à tisser devant les yeux un fin voilage de soie, répondit sur un ton mystérieux :

" C'est Picchione, le réalisateur de France 3 Provence, qui vient de me téléphoner…

– Et alors ?

Les yeux du vieux journaliste se plissèrent un peu plus :

" Comme dirait madame de Valandré, il y a du gras. Je dirais même de l'éminemment gras…

– Quoi ? Raconte !

– On a rendez-vous demain avec l'ami Picchione, devant le Vélodrome. Il nous en dira plus. Mais les laboratoires Marlin sont dans le collimateur de la justice…

– Marlin ? Le sponsor de l'OM ?

– Exactement. Marlin, dont l'un des actionnaires principaux est la société JFL, d'après ce que m'a dit Picchione.

– Un autre sponsor de l'OM….

– C'est possible. En tout cas, il semble que toute cette histoire soit assez explosive. Suffisamment, a priori, pour que la cotation du groupe soit interrompue d'ici peu à la bourse de Paris…

Dans le verre de Boildieu, le rhum se teinta d'une ultime goutte de soleil.

Chapitre 4

(Marseille – 1937)

Pour Silvio Bianco, la nuit qui précéda le match fut la plus douce de sa jeune existence. Même s'il était conscient des enjeux de cette rencontre avec le Torino – enjeux personnels, mais aussi pour le quartier du Panier, le club de l'OM, la ville –, il savoura chaque seconde de cette nuit magique.

Marcia était là. Dans son minuscule appartement de la rue de la Cathédrale, non loin de la grosse Major toute ramassée sur elle-même, comme pour mieux faire face aux paquets de mer qui battaient la grève les jours d'orages. Grisée par deux verres de vin, par la musique, par les cris et les rires, elle l'avait suivi jusque chez lui, dans sa robe légère à imprimés que la brise du soir soulevait quelquefois jusqu'à mi-cuisses. Ils s'étaient esquivés quand les cloches avaient sonné dix heures et avaient arpenté les rues très lentement, parlant de tout et de rien, les yeux dans le vague. Elle avait seize ans. Lui, à peine plus. Malgré son air canaille, son petit foulard rouge noué autour du cou et ses cheveux plaqués à la gomina, Silvio n'était encore qu'un gamin.

Au numéro sept, ils interrompirent leur marche pour fumer une dernière cigarette. Elle avait murmuré, sur un ton frôlant le reproche :

" D'accord, la dernière et après je file, sinon ma mère va encore me faire toute une histoire. Tu promets ?

Silvio avait promis. À cet instant, de la voir si belle sous le lait nacré de la lune, il aurait tout promis. Le temps de griller une Américaine, Marco la fouine en avait le monopole exclusif sur tout le quartier, les mots devinrent plus rares, le silence plus pesant. Et quand ils jetèrent leurs cigarettes dans le saut à bordilles de l'immeuble, leurs yeux se croisèrent un instant. Ils se dirent avec violence des choses d'amour que les lèvres ne pouvaient pas encore exprimer. Il lui prit la main. Elle frissonna et se raidit un peu. Puis, elle se laissa faire. Elle sentait que, de toute façon, il était déjà bien trop tard pour faire marche arrière. Et c'était bien ainsi.

Dans le lointain montaient encore les chants du Panier, les éclats de rire et les accords de guitare.

Dès qu'ils furent dans la chambrette, Silvio voulut allumer la lampe à pétrole et servir à Marcia un petit verre de liqueur. Elle refusa les deux, avec un sourire un peu triste. Dans un instant, elle serait femme. Cette perspective la rendait subitement grave.

Silvio, c'était son premier amour, et ça durait depuis le jour où elle l'avait vu jongler avec une orange, place de Lenche. Dès que leurs regards s'étaient soudés l'un à l'autre, elle avait su confusément du haut de ses onze ans que ce serait lui, l'homme de sa vie. Lui, et personne d'autre. Depuis ce jour, elle n'avait pas cessé de le chercher, de le séduire, le provoquer, l'exaspérer par ses caprices, le faire fondre par ses mines. Chaud et froid. Piment et sucre roux. Quand elle avait eu ses premières règles, elle s'était juré secrètement, devant la glace de l'armoire à linge, qu'il serait le premier homme à la prendre. Le seul, si c'était possible.

Et l'instant était venu.

Silvio, pour sa part, avait déjà fait la chose, comme disaient les clients du bar Le Charlot avec des rires entendus, lorsqu'ils parlaient de ce genre d'affaires. Deux ans plus tôt, alors qu'il avait trouvé une gâche comme débardeur sur le quai de la Joliette, un aconier de trois ans son aîné l'avait entraîné rue Thubaneau, tout près de l'Alcazar. Dans cette travée crasseuse, encombrée d'immondices dévorées par les rats et toute une armée de chats faméliques, des femmes faisaient la vie. Avec des rires gras parfumés à l'absinthe, elles interpellaient le chaland, les seins presque à l'air, la bouche rouge à faire pâlir le diable en personne. Elles étaient toutes marseillaises, puisqu'elles étaient de toutes les nationalités du monde. Entre écœurement et désir, Silvio s'était frayé un chemin entre toutes ces femmes dont la monstruosité le fascinait. Puis il avait fini par en choisir une et était monté derrière elle dans des escaliers noirs sentant l'urine rance, le chou fade et l'ail cru. Il n'aurait pas pu dire aujourd'hui quelle tête avait la fille. Tout ce dont il se souvenait, c'était de l'odeur flasque de sa chair, de son corps fatigué qui coulait et se répandait vers le bas. Mais aussi de la photo de Rudolf Valentino punaisée au plafond, qu'elle ne quittait pas des yeux à chaque fois qu'un client venait la remplir.

Quand il avait quitté la rue Thubaneau, il avait couru dans la nuit pour vomir tout son dégoût de l'amour, du monde et de lui-même.

Marcia s'assit enfin sur le lit, jambes serrées. Silvio s'installa près d'elle, un peu de sueur perlant au front. Sans le regarder, elle posa sa main dans celle du garçon et, d'une toute petite voix, à peine un filet, elle demanda :

" Dis, tu me feras pas mal, pas vrai ?

– Tu as peur ? Tu veux repartir ?

Elle plongea ses grands yeux noirs dans les siens et serra la main soudain très fort :

" Non. C'est maintenant. Je le sens. Cette nuit, je veux être tienne…

Alors, Silvio l'embrassa comme jamais encore il n'avait embrassé d'autres filles, d'autres femmes. C'était un vrai baiser d'amour, de passion. Un baiser de fin du monde dans la nuit étoilée. Marcia sentait le foin fraîchement coupé, la brise de mer et le pain chaud. Son corps, hâlé par le soleil, dessinait des dunes fermes et nerveuses, des cambrures brûlantes qu'il explora de ses mains, de sa langue, sans laisser vierge la moindre partie de ce territoire à aimer. Elle le serra à l'étouffer, lui griffa le dos, mordit ses muscles, se lova avec fureur contre lui. Leurs deux corps coulissèrent l'un contre l'autre, glissèrent dans la sueur, ne se quittèrent quelquefois que pour mieux s'encastrer, se pénétrer, s'appartenir l'un à l'autre.

Ils firent l'amour à deux reprises, presque coup sur coup, le souffle court, les mains et la bouche pleines de l'autre, emplies à s'en gaver, jusqu'à jouir. Dans cet amour à la rage, il n'y eut ni déclaration, ni serment, ni promesse de mariage. À cet instant précis, l'une devenait femme, et l'autre oubliait la vieille putain mélancolique, sans doute morte aujourd'hui d'avoir trop aimé.

Quand Marcia se blottit entre ses bras, ils restèrent silencieux un long moment. Jusqu'à ce que le premier rayon de soleil pointe par-dessus la nuit et fasse exploser d'un seul coup toutes les tuiles rose sang de la Marsiale. Alors, elle se leva, s'habilla très vite et sortit sans un regard vers son amant.

Leurs corps s'étaient parlé jusqu'à l'épuisement. Ils s'étaient tout dit. Mettre tout cet amour en mots, ça aurait été comme de trahir.

" Vé ! Il est là ! Il est là ! Dio Santo !

Carlo, les moustaches hirsutes, le tablier de bar bien rangé sous le comptoir du Charlot, la casquette à moitié folle tanguant sur son crâne chenu et le complet veston repassé de frais, hurlait comme un gamin au matin de Noël. Sur le tramway bondé, agrippé à un siège situé juste derrière le chauffeur, il jubilait et tendait fébrilement son bras en direction du stade :

" Mais qu'il est beau ! Qué merveille ! Vous le voyez, ou quoi ?

Derrière lui, en grappe humaine suffoquant sous la chaleur, tous sur leur trente et un car ils allaient à la ville et ne pouvaient décemment pas se montrer en bleus de Chine, les habitants du Panier se poussaient des coudes, tendaient la tête, s'interpellaient avec de grands cris d'excitation, se hissaient sur la pointe des vernis craquants, écarquillaient les yeux dans la fournaise de l'après-midi avec un joyeux désordre.

Le stade. On ne parlait que de lui, ces derniers temps. Et encore, ça remontait à presque dix ans, cette histoire. En 1928, plus exactement, quand l'adjoint au maire de Marseille, Elysée Petit, avait décidé de sa création. Dix ans d'attentes, de suppositions, de renoncements, de premières pierres, de financements, de plans, de travaux, pour qu'enfin jaillisse, au carrefour du Prado et de Michelet, le stade qui allait remplacer celui de l'Huveaune, celui de l'époque héroïque.

Dans un fracas assourdissant et une grande gerbe d'étincelles, le tramway arrêta sa course et tous les passagers se jetèrent sur le trottoir, encore agités par les trépidations du monstre de fer et d'électricité. D'un seul bloc, dans un silence religieux, ils se tournèrent alors vers le stade. Bouches bées. Puis, les regards montèrent, montèrent, montèrent encore, jusqu'à atteindre le faîte de ce grand cirque d'un nouveau genre.

Marco la fouine en retira aussitôt son panama flambant neuf et le colla contre sa poitrine. Derrière, quelques-uns se signèrent à trois reprises. Antoine, l'instituteur, sortit pour sa part un petit carnet qui ne le quittait jamais et commença à griffonner quelques notes d'une main tremblante.

De tout Marseille, le public arriva soudain. Une véritable nuée de passionnés, une marée composée majoritairement d'hommes qui se rendaient au stade avec la fièvre, l'émotion unique d'inaugurer un stade monumental. Du peuple, avec un simple béret ou une casquette, ou de la bourgeoisie, avec redingote et haut de forme, ils avaient tous mis un coup de pied dans l'armoire pour revêtir les plus beaux habits du dimanche. Au fond de leurs yeux, l'excitation allumait des flammes de fierté et de bonheur.

Dans ce mouvement de foule, les habitants du Panier furent emportés jusqu'au virage sud, là où les places étaient les moins chères, mais où le spectacle, grâce au grand talent des deux architectes, était garanti, avait énoncé d'un air docte l'instituteur qui, tous les matins, lisait *le Petit Marseillais* – et même des journaux nationaux ! – avant de prendre le chemin de son école. Autour de l'enceinte, les vendeurs de pommes d'amour, de barbes à papa, de chichi freggi, de limonade, de glaces en cornets, de cacahuètes et de sandwiches, battaient des records. On était venu là pour inaugurer le stade, mais aussi pour supporter l'OM. Pas question de se faire une fringale ou de se prendre un coup de chaud, surtout un jour comme aujourd'hui !

À dire vrai, le discours des officiels ne fut écouté par les trente mille personnes que d'une oreille particulièrement distraite. Dix ans qu'ils l'attendaient ! Tout ce qui avait pu être dit sur ce vélodrome l'avait déjà été. En revanche, dans les tribunes surchauffées, les discussions sur le match à venir allaient bon train car chacun avait son idole, son chouchou.

Pour les uns, Jean Bastien et sa crinière flamboyante était l'atout numéro un du club. Poumon infatigable, il terrassait ses adversaires directs à force de courses en profondeur, de montées et de descentes fulgurantes, avec ou sans le ballon. Pour les autres, le secret du titre de champion de France, remporté quelques jours plus tôt, tenait dans deux noms : le puissant ailier Willy Kohut et Mario Zatelli, le goleador qui avait trouvé cette saison vingt-huit fois le chemin des filets...

Pourtant, tous les supporters n'avaient qu'un seul nom sur les lèvres : le Jaguar... Arrivé sans un sou la saison passée, en droite ligne du Vasco de Gama dans le lointain Brésil, le portier de l'OM avait su séduire et captiver tout Marseille. Beau gosse, l'œil vif et la détente souple, il régnait en maître incontesté dans sa surface de réparation. Pourtant, s'il était devenu la coqueluche de toute la ville, c'était aussi parce qu'il possédait un don unique pour faire éclater de rire un stade entier par ses pitreries incroyables. Ainsi, s'il jugeait que le tir d'un adversaire était mal cadré ou allait frapper les poteaux, il baillait ostensiblement ou s'en allait discuter avec un équipier. Quand il sentait qu'un coup franc contre lui ne donnerait rien, il regardait la foule, joignait ses deux mains contre sa joue et faisait mine de s'endormir, alors que le tir n'était même pas encore déclenché ! À ces moments-là, le stade se gondolait de plaisir et le Jaguar roulait ses belles mécaniques brésiliennes avant d'aller récupérer le ballon et de frapper le six-mètres.

Son heure de gloire, il l'avait eue en inventant un nouveau tour : un jour où un penalty avait été sifflé contre l'OM, le Jaguar était allé voir le tireur et avait pris le stade à témoin. De la main, il avait désigné l'endroit du but où, quelques instants plus tard, il allait plonger. Face à tant d'arrogance, la foule s'était tue. L'instant était critique. Dans un silence de mort, le tireur s'était élancé. Le Jaguar aussi... Il avait plongé dans le coin qu'il avait désigné, et il avait arrêté le penalty !

Bref, avec ce Jaguar-là, l'Olympique de Marseille se sentait invincible.

Dans les virages sud, à force de coups de coudes et de quelques engueulades bien senties, tout le clan du Panier avait fini par se retrouver. Là, on était à nouveau entre soi. À deux heures du début de la rencontre, les femmes en fichus et foulards sortirent tout le nécessaire pour casser la croûte et tuer le temps : salades de pois chiches, sandwiches à l'omelette et aux câpres, sardines à l'escabèche, sachets de *raspe* (2) pour les plus jeunes, et bouteilles de vin rouge et de limonade. Carlo fit valoir son statut de patron de bistrot et dégagea les kils des sacs à glace pour faire le service. Marco la fouine, lui, inquiet pour le blanc immaculé de son panama et de son costume taillé sur mesure, refusa poliment de manger. À la place, il se rabattit sur un long cigare d'une maigreur étonnante, issu en droite ligne de quelques caisses détournées d'un cargo en retour de Cuba. Antoine, l'instituteur, n'avala que trois bouchées. Puis, il partit dans un cours magistral sur les règles de base du ballon rond, à l'attention d'une bonne dizaine de supportrices qui le badaient sans bien comprendre ces règles étranges, proches du bizarroïde, du hors-jeu. Mais, bon. Elles avaient fait le voyage jusqu'ici, et elles en voulaient pour leur argent.

Assise au milieu d'une bande d'adolescents qui riaient et parlaient fort, Marcia restait songeuse. Cette nuit d'amour avait cassé quelque chose en elle, quelque chose qui ressemblait à son insouciance d'adolescente toujours en révolte. Quand sa mère l'avait vue rentrer, vers cinq heures du matin, elle ne s'était

---

(2) Brisures de biscuits que les boulangers vendaient à l'époque aux enfants pour un sou le liard.

pas rebellée sous les cris et les pleurs de désespoir. Tout était passé sur elle, à la façon d'une goutte d'eau sur une écorce d'orange. Elle connaissait la chanson, le chapelet mille fois égrainé des menaces d'un avenir sombre qui la conduirait inévitablement à la rue Thubaneau, là où pourrissaient toutes les filles-mères. Puis, elle avait maudit Silvio et le sort qui semblait s'acharner sur elles deux. Depuis que son mari était mort, assassiné un triste matin par des membres de la police, elle avait dû prendre sa fille sous son bras et avait quitté l'Espagne fascisante, il y avait déjà si longtemps. Elle n'avait jamais voulu se remarier.

Soudain, une clameur monta de l'étuve du Vélodrome. Tous les gens encore assis se dressèrent sur leurs ergots, l'œil fixe, la main sur la poitrine. Et tous, ils reprirent le chant enthousiaste et fier des supporters de l'Olympique de Marseille :

" Et lorsque dans cent ans
Tous nos petits-enfants
Comme nous admireront
Des parties de ballon
Ils auront sous les yeux
Ce spectacle merveilleux
Plus de cent mille personnes
Rangées sur cent colonnes !
Au refrain, les larmes montèrent aux yeux :
" Les maillots blancs
Et les bas-bleus
Les partisans
Sont tous au feu !

Une salve nourrie d'applaudissements fit vibrer la conque de béton jusque dans ses entrailles, et les deux équipes firent enfin leur apparition sur le terrain. Elles se mirent en rang d'oignons des deux côtés des arbitres et l'hymne national de l'Italie, avec les cuivres et les tambours de la fanfare municipale, éclata avec fracas. Dans le même temps, le Vélodrome se figea. Plus un mot. Pas la moindre parole. Et quand la dernière note tomba, le silence se fit encore plus palpable. Sur la pelouse, les joueurs du légendaire Torino avaient salué l'hymne national le front haut, la main droite tendue fièrement vers l'avant. L'Italie était fasciste, et le Duce tenait à ce que le monde entier le sache. Ce salut de l'homme nouveau était une obligation à respecter absolument si l'on ne voulait pas être rejeté, banni, exclu.

Carlo, Marco, Antoine, la bande d'adolescents, les mammas, sans oublier Marcia, en eurent la rage au corps, la colère froide de l'impuissance crispée dans leurs estomacs. Si les chemises noires n'avaient pas germé sur la chair de l'Italie, sans doute auraient-ils supporté le Torino, l'oreille collée à la TSF, depuis Milan, Rome, la Sicile, les Abruzzes. Au lieu de cela, ils supportaient l'exil.

Une Marseillaise vigoureuse fit sursauter le Vélodrome et déchira le silence. Pour l'une des premières fois de leurs vies, les habitants du Panier se sentirent vraiment français.

Le match fut âprement disputé. Quant à Silvio, il tint son rang de son mieux. Par la magie de l'amour et de la jeunesse conjugués, sa nuit blanche avait eu l'effet de la dynamite dans son corps. Il multiplia les courses, les appels de balle, tacla comme un défenseur, vint chercher le ballon dans les pieds de ses demi-centres, caracola vers les buts adverses, butta cent fois sur le catenaccio, le verrou défensif des Italiens, enchaîna sans arrêt ses cavalcades folles jusqu'à ce qu'enfin, sa passe trouve Kohut qui, d'un puissant tir du gauche, logea la balle sous la barre transversale. Après avoir congratulé le petit ailier, Silvio repartit en trombe, traversa tout le terrain, s'arrêta devant le virage sud, et se planta devant les tribunes. Alors que Marcia l'applaudissait à tout rompre, il lui fit sa plus belle révérence et articula trois mots, sans qu'aucun son ne sorte de sa bouche :

" Ti amo, Principessa...

Puis, alors que la foule du Panier applaudissait à s'en faire exploser les paumes, il repartit de plus belle retrouver son poste.

Le Vélodrome tenait son premier succès. L'Italie avait pris une gifle magistrale. Silvio était un héros. Marcia aimait Silvio. Silvio aimait Marcia.

Cette nuit encore, la place de Lenche connaîtrait les rires et les chansons. Le bruit doux des bouteilles de Lambrusco que l'on débouche. Peut-être même parlerait-on de fiançailles.

Tant de joies accumulées faisaient peur à voir.

À cet instant, un gros nuage d'acier masqua le soleil. Il arracha un frisson d'inquiétude sur les bras dorés de Marcia...

Chapitre 5

(Marseille – 2002)

Le lendemain, à quatorze heures précises, Francis Boildieu faisait le pied de grue devant le portail fermé du Vélodrome. Le thermomètre frôlait les quarante degrés, et aucun Marseillais digne de ce nom n'aurait osé mettre le nez dehors. Même le mistral, d'ordinaire si prompt à débarrasser le ciel de ses brouillards d'ozone, ne s'était pas levé, accablé lui aussi par la chaleur.

Pourtant, impeccable dans son costume mi-coton mi-soie au teint crème et ses chaussures de ville en chevreau, suant en stoïcien invétéré, Francis Boildieu était exact au rendez-vous. Il se réjouissait de revoir enfin le bon Picchione, qui était un ami avant tout, et un journaliste tout ce qu'il y avait de fiable. Il aurait même pu réussir une carrière brillante, si son amour pour sa ville et ses craintes conjuguées du métro et des frimas parisiens ne l'avaient empêché de monter à l'assaut de la capitale. Rastignac, certes. Mais loin du pont de l'Alma, et bien à l'abri dans son appartement de la rue du Transval !

Alors que Boildieu commençait à s'impatienter, la silhouette de Picchione, reconnaissable entre toutes, se découpa dans l'air vibrant de lumière. De large corpulence, flirtant avec le double mètre, les cheveux noirs frisottés derrière les oreilles, de fines lunettes et la démarche bonhomme, tout trahissait en lui la gentillesse débonnaire, un goût pour la tranquillité joyeuse et le farniente, autant d'inclinations naturelles contredites quotidiennement par le rythme effréné de la station de France 3 Provence où il officiait en tant que réalisateur. Boildieu s'aperçut immédiatement de la jubilation mal dissimulée qui pétillait dans les yeux du journaliste. Le plaisir des retrouvailles y était pour beaucoup. Mais il y avait plus que cela. Il venait avec un scoop bien juteux, qui ferait sans doute les délices de la Valandré.

Avec un large sourire, les deux hommes s'embrassèrent et Picchione embraya le premier :

" Comment tu vas, mon beau ?

– On se maintient, et toi ?

– Si Marseille ressemblait pas à un micro-ondes, ça pourrait être le bonheur.

Boildieu nota, comme à chaque fois qu'ils se croisaient, que Picchione aurait pu être né à Paris, voire à Lyon, tant son accent était neutre. En cela, il était un précurseur, puisque les accents, montrés du doigt, raillés, bannis, ridiculisés par la morgue médiatique parisienne, étaient aujourd'hui en voie de disparition dans tout l'hexagone. Même les gosses baragouinaient le même argot aseptisé, sans distinction d'origine ou de classes sociales.

Marseille n'échappait pas à la règle. Pour contenter les délires exotiques de la Valandré, il ne restait plus que les vieux Marseillais, accoudés aux comptoirs des bars du centre ville, qui rêvaient avec nostalgie d'une Phocée mythique désormais disparue.

En échangeant les dernières nouvelles, ils se rendirent à pas lents jusqu'au camion à pizzas stationné près de l'entrée du parc Chanot et commandèrent deux Perrier. Picchione railla gentiment :

" Et alors ? Pas de bière ?

– Avec la chaleur qu'il fait, ce serait un suicide. D'ailleurs, il n'y a qu'au Brésil, en Guadeloupe ou dans des contrées de cet acabit que l'alcool se laisse apprivoiser par des températures semblables. Je me souviens d'une fois, à Bahia…

Les yeux de Boildieu se diluèrent dans la contemplation du Prado où se dessinait, en son extrémité, la blanche statue du David. Ils filèrent par-dessus les mers et les océans, jusqu'à toucher la terre du Brésil :

" Je venais de séduire une sculpturale professeur de Brésilien, et nous nous étions retrouvés, par une chaleur suffocante, sur la plage d'Itapoa, celle chantée si joliment par Vinicius de Moraes…

– Avec Toquinho à la guitare, album enregistré en 1971, version live, souligna le mélomane Picchione qui, amoureux de jazz et de samba jusqu'au bout des ongles, connaissait ses classiques.

– C'est possible, toussota Boildieu, les yeux toujours écarquillés sur ses souvenirs. Elle s'appelait Tania. Son corps de sylphide, bronzé, souple et ferme comme une jeune mangue, ondulait dans la baie, jouant avec les dauphins, tandis que moi, couché sur le sable, je…

Les hurlements névrotiques d'une ambulance fonçant jusqu'à l'hôpital de la Timone tranchèrent net dans ses souvenirs. Comme au sortir d'un rêve, il secoua un peu la tête pour chasser ces visions de paradis originel et fit à nouveau face à Picchione :

" Mais ceci est un autre sujet… Quelles sont les informations dont tu m'as parlé, hier ?

– Pas ici. C'est trop gros. Viens…

Quelques instants plus tard, assis sur un banc, le réalisateur suçota sa canette puis entama, d'une voix grave et posée :

" Voilà… Tu connais les laboratoires Marlin ?

– Oui, comme tout le monde. C'est aussi le sponsor de l'OM et d'une dizaine d'autres équipes professionnelles. Du moins, c'est ce que m'a dit le Che…

– Exact. Marlin, c'est la très haute pointure dans le milieu médical. Avec, pour spécialité première, la fabrication et la commercialisation de vaccins en grand nombre.

– Et alors ?

Picchione baissa la voix, chuchota presque :

" Eh bien, comme je te l'ai dit hier au téléphone, les laboratoires Marlin trempent dans une sale histoire…

– Sale comment ?

– Suffisamment pourrie pour que, dès demain, le groupe soit suspendu à la cotation boursière de toutes les places fortes internationales, et pour que son PDG, Joseph Faust, soit mis en examen…

Les yeux de Boildieu se mirent à briller de curiosité :

" Comment tu as appris ça ? Raconte !

– C'est un indic à moi qui bosse à l'Évêché. Il m'a mis au jus dès qu'il a su qu'une enveloppe déposée de façon anonyme sur le bureau du commissaire avait mis le feu.

– Et qu'est-ce qu'elle disait, cette enveloppe ?

– Mystère… Tout ce que je sais, c'est que moi-même, j'ai reçu un texto quelques minutes après, assez sibyllin et d'origine tout aussi anonyme…

– Un quoi ?

Devant les yeux interloqués de Boildieu, Picchione se souvint de l'aversion quasi maladive du reporter pour tout ce qui touchait, de près ou de loin, à la technologie. Il reprit :

" Oui, un message écrit, envoyé sur mon portable. Un texte très court, qui disait : " Marlin a les mains sales, l'histoire les lavera bientôt… "

Dans le crâne de Boildieu, les neurones encore épargnés par l'éthanol se mirent à crépiter. Pendant quelques instants, les deux hommes restèrent silencieux. Puis, Francis interrogea :

" Dis-moi, ton indicateur est fiable au moins ?

Picchione étouffa un rire :

" C'est mon cousin ! Il est dans les petits papiers du commissaire, en quelque sorte, puisqu'ils jouent au poker ensemble. Quand son chef a ouvert l'enveloppe, il était là. Il paraît qu'il est devenu tout pâle et qu'il a appelé aussitôt le ministère. C'est à ce moment-là qu'ils ont parlé de Joseph Faust, de mise en examen, de suspension de cotation et tout le saint-frusquin ! Voilà, maintenant tu en sais autant que moi...

– C'est maigre !

– Mais ça demande qu'à être creusé ! Envoie ton photographe fouiner discrètement à l'Évêché et dis-lui d'aller voir mon cousin. C'est Frédo. Frédéric Scotto. Il est un peu bizarre, mais c'est un mec bonnard.

Boildieu fronça soudain les sourcils :

" Scotto ? L'homme au chien Saucisse ? Celui qui a présenté son teckel aux dernières municipales à Marseille ?

Picchione lâcha cette fois un rire plus sonore, mieux en harmonie avec sa corpulence de bûcheron canadien :

« Non ! Le Scotto dont tu parles, c'est aussi un cousin, mais c'est pas lui qui travaille avec les condés. Attends, je vais t'appeler sur ton portable, comme ça je serai sûr d'avoir le Che. Je lui expliquerai…

Pendant qu'il composait le numéro de téléphone, Francis Boildieu s'alluma pensivement une cigarette. Le chien Saucisse… Un teckel tatoué de morsures, bouffé de gale, sauvé de justesse par Serge Scotto, le chantre de l'over-littérature. Voire de l'over-punkitude, selon ses bouffées créatrices. Celui-ci s'était débrouillé pour inscrire son chien sur la liste des municipales de manière parfaitement légale et officielle. Et quatre pour cent des Marseillaises et des Marseillais avaient voté pour lui (3)…

C'était tout à la fois affolant, terrifiant pour la démocratie. Mais aussi, jouissif. Tous les médias s'en étaient donné à cœur joie, le chien Saucisse était devenu une star et une place, en haut du cours Julien, portait son nom.

« Voilà, je l'ai averti et il file faire un saut à l'Évêché, dit Picchione en refermant son portable.

– Merci… Dis-moi, qu'est-ce que tu sais des laboratoires Marlin, exactement ?

– Moi ? Tout ce que les dépêches d'agence en disent. Ils sont en procès continuellement et ne tombent jamais. Du moins, pas de très haut.

– Explique-toi…

---

(3) Véridique !

Les traits de Picchione devinrent subitement plus grave. Après avoir essuyé son visage trempé de sueur avec un mouchoir en papier, il parla d'une voix teintée d'amertume :

" Il y a quatre ans, j'ai enquêté sur leurs foutus vaccins contre l'hépatite B. Une enquête pour moi. Je veux dire une enquête personnelle, car tu penses bien que la télévision publique ne se mouillerait pas sur un sujet pareil. Par la bande, j'ai appris que ce vaccin déclenchait des saloperies sans nom, comme la sclérose en plaques, le cancer et tout ça. J'ai remonté la filière et j'ai contacté des potes journalistes…

– Et alors ?

Picchione soupira bruyamment, et reprit :

" Rien. Personne n'a bougé. L'histoire est en fait aussi dégueulasse que dramatique. Quand le ministre de la Santé a lancé une grande campagne de vaccination quasi obligatoire contre l'hépatite B, sur des millions de personnes, les vaccins des laboratoires Marlin n'étaient pas prêts. Il a fait celui qui ne savait pas et il a maintenu sa décision. Certaines sources disent que des personnes bien informées en ont profité, au passage, pour s'acheter des actions à titre personnel.

– Tu es sérieux ?

– Je n'ai jamais été aussi sérieux… Les cas de scléroses en plaques se sont multipliés, par milliers. Une pseudo-enquête a été ouverte par les services du ministère. Et les laboratoires Marlin, pour se défendre, ont juste dit que c'était un taux d'échec normal. Ils ont même qualifié les personnes touchées d'un joli nom : des déchets...

– Quoi ?

Pendant qu'ils se levaient pour rejoindre la voiture de Picchione, stationnée sur le boulevard Michelet, celui-ci poursuivit :

" Des déchets, mon beau... Alors, j'ai enquêté, mais pour de bon cette fois. Et il m'a pas fallu cent sept ans pour comprendre que tout ça, c'était qu'une affaire de pognon, de concurrence entre Marlin et son homologue américain. Pour être prêt avant les autres, les laboratoires français ont accéléré leurs unités de fabrication. Sans doute un peu trop, puisque des lots entiers n'ont pas eu le temps de se stabiliser. Depuis, les procès sont en cours. Pour ça, et le reste. Ça mettra des années avant qu'un jugement soit rendu. En attendant, la phrase à la mode aujourd'hui reste toujours la même : responsable, mais non coupable. Voilà ce que c'est, les laboratoires Marlin. Quant à Joseph Faust, le PDG, il ne serait pas non plus blanc bleu. De vieilles histoires, dans les années 1970, avec le milieu italien ou quelque chose. C'est là qu'il aurait fait fortune, d'une manière un peu rapide, du moins pour le goût de certains...

Le 4 x 4 de Picchione émit un joli ronronnement chromé lorsque la clé lui chatouilla le contact. Francis Boildieu, dans le fauteuil du passager avant, se répétait mentalement toute cette histoire d'enveloppe anonyme, de texto, de laboratoires. Les pièces du puzzle étaient encore trop peu nombreuses et n'avaient pour l'instant aucun sens, mais son instinct lui murmurait à l'oreille qu'il serait peut-être utile d'aller faire un petit tour du côté des laboratoires pharmaceutiques Marlin. La Valandré pouvait bien attendre après tout, avec ses marronniers sur l'Olympique de Marseille et les sardines qui bouchent le Vieux Port.

" Dis-moi, demanda-t-il avec une pointe de malice dans la voix. Il n'y aurait pas, des fois, une antenne de ces laboratoires Marlin à Marseille ?

– Et où tu crois que je te conduis, vieux pirate ? J'ai mieux que ça : le siège français est à Marseille. Et comme le hasard fait quelquefois bien les choses, c'est sur mon chemin, rue de la République ! "

Boildieu caressa une barbiche imaginaire sur son menton parfaitement rasé, un sourire en coin. Mine de rien, Picchione venait de le mettre sur un coup fumant. Une de ces énigmes tortueuses qui ne le lâcherait pas jusqu'à ce qu'il ait réussi à trouver toutes les clés.

Et il adorait ça…

Quand les deux hommes se quittèrent, Boildieu tenta une amorce de remerciements, mais Picchione lui coupa la parole :

" Moi, je suis dans la nasse pour la télévision… Pieds et poings liés, je te l'ai déjà dit. Mais toi, tu peux faire quelque chose. En revanche, je te demande que deux trucs…

– Quoi ?

– Sois prudent, pour commencer. Là où tu vas mettre les pieds, c'est l'enfer comparé à la plus pourrie de toutes les cités des quartiers nord. Ces mecs-là, ils tueraient père et mère pour étouffer les affaires et continuer leur business. Tout le monde trempe, tout le monde croque. Ne fais confiance à personne…

– C'est promis… Et la seconde chose ?

Le visage rond de Picchione s'ouvrit d'un nouveau sourire plein :

" Si tu as du solide, du sérieux avec des preuves et tout ce qui va avec, pense à moi. Pour la curée, la télévision, c'est imparable…

– Tu peux compter sur moi, assura Boildieu, pour qui la loyauté dans l'amitié n'avait absolument aucune limite.

Alors, après un bon clin d'œil, le réalisateur enclencha la première et repartit sur les chapeaux de roues, direction la rue du Loisir. Une espèce d'allumé n'avait rien trouvé de mieux que de dérober durant la nuit l'un des énormes projecteurs qui illuminent la Bonne Mère, alors en travaux. Après avoir bidouillé les compteurs, il l'avait installé dans son appartement pour faire pousser une plantation de cannabis. Malin, mais pas très discret : son appartement donnait sur la rue, et la lumière aveuglante avait transformé l'immeuble en une scène apocalyptique digne de *la Guerre des Étoiles*.

Encore une fois, ça ne dépeindrait pas une vision flatteuse de Marseille, mais il fallait bien manger et cette histoire de déjanté ferait toujours un bon sujet insolite pour le 19-20…

De son côté, le Che ne chômait pas. Converse aux pieds, pantalons treillis et chemise jaune paille sur les épaules, il était descendu à pied de la villa Lucette et avait tiré presque droit en direction de l'Évêché, via le boulevard Notre-Dame et la rue Sylvabelle. Ça faisait une jolie trotte, mais le photographe avait des fourmis dans les jambes et, depuis trop longtemps déjà, sa soif naturelle d'action n'avait pas eu son content d'émotions. De plus, il n'avait pas réussi à joindre Morgane à Canal Bonne Mère, où elle travaillait comme journaliste. Pas de chance. La fée Morgane, à la peau rôtie de petite caille à croquer, couvrait une tournée de concerts du groupe Barrio Chino à travers le bassin méditerranéen. Elle ne rentrerait que dans dix jours.

Même si Barrio Chino brassait avec talent toute la sensuelle tonicité des musiques latines, le Che avait pesté contre le sort. Morgane lui avait laissé un goût de miel sur la langue. Il savait pertinemment que tous deux étaient farouchement indépendants, que rien de durable n'aurait pu se construire entre la belle girelle et le petit Basque teigneux. Mais l'idée avortée de se retrouver sur les rives de la Méditerranée, corps contre corps, l'avait mis de mauvaise humeur.

Au fur et à mesure que le Che approchait de l'Évêché, le visage enjôleur de Morgane s'effaça peu à peu de son esprit et un large sourire illumina ses traits. Lui, n'y était pour rien dans cette jubilation nouvelle. La chaleur non plus, d'ailleurs. La raison de cette transformation tenait dans le fait que le Che approchait du centre ville. Et que le paysage avait largement de quoi vous faire oublier la plus douce des rencontres…

Seules, par deux ou en bandes, quels que soient leur âge ou leur classe sociale, les Marseillaises qui promenaient avec nonchalance, jetant des coups d'œil distraits sur les vitrines des magasins, avaient la grâce naturelle de tous leurs ascendants venus des quatre coins du monde. À cause de la chaleur, mais aussi par un désir légitime de se montrer belles, presque nues et crues, elles déambulaient sans hâte, vêtues de peu, les bustiers en lycra collés à leur poitrine dont les tétons pointaient tendrement sous le tissu léger. Le Che était fasciné. La bouche à demi ouverte. Tous les sens en alerte. À chaque pas, il jouissait de ce défilé de femmes et de filles dont les peaux et les cheveux et les courbes et les teintes des yeux façonnaient des sylphides à nulles autres pareilles, pétillantes, aux regards câlineurs, hâbleurs, noirs, tendres, perçants, méprisants, envoûtants ; des œillades terribles, à vous damner un saint et embraser l'enfer.

N'eût été sa mission à accomplir, il aurait volontiers fait un bout de chemin avec l'une de ces tigresses accomplies, en devenir ou fanées. Elles étaient toutes troublantes, sans distinction. Pourtant, le Basque se rendit en louvoyant dans les parfums et les brises de mer jusqu'à l'entrée de l'Évêché. Il avait un job à faire. Ces petites attendraient bien un peu…

Trouver le bureau de Frédéric Scotto fut une chose aisée. Derrière la vitre de son aquarium donnant sur la rue, le réceptionniste, au visage maculé de sueur jusqu'aux deux tiers du képi, indiqua au Che le troisième étage d'une voix éteinte. Toujours sportif malgré la canicule, celui-ci avala trois par trois les escaliers et tomba nez à nez sur le bureau dudit Scotto. Après avoir frappé à la porte vitrée et avoir entendu un borborygme l'invitant vaguement à entrer, le photographe poussa le battant.

Face à lui, avachi plus qu'assis dans son fauteuil, entouré de trois ventilateurs et d'une tour censée rafraîchir l'atmosphère, fumant la brune à bouffées régulières, la chemise trempée de sueur sous les aisselles et sur l'estomac, l'œil torve, noir, Frédéric Scotto dit Frédo, le cousin de Picchione, semblait à l'agonie. Les ventilateurs faisaient tournoyer la fumée de la cigarette, la dispersaient à tous les vents, lorsque le Che s'approcha à pas lents. Son apparition ne déclencha pas le moindre battement de paupière chez son hôte. Il balbutia alors :

" Bonjour, je viens de la part de Picchione. Pour ce que vous savez…

Frédo daigna enfin lever un sourcil sur son visiteur. Ce faisant, la longue cendre grise de sa cigarette se détacha et s'écrasa sur sa chemise pâle.

Le Che reprit à voix plus basse :

" Vous savez, pour les laboratoires Marlin ?

En sourdine, l'animateur déjanté de Radio l'OM commentait un match de beach soccer qui opposait les vieilles gloires du club et celles du Brésil, sur les plages du Prado. D'une main molle, Frédo écrasa sa cigarette dans un cendrier bourré jusqu'à la gueule et, dans le même mouvement, s'alluma une nouvelle brune. Puis, il rehaussa son buste et parvint à le caler en arrière, les mains moites posées sur le plateau du bureau. Sans ôter la cigarette de ses lèvres, il se racla la gorge et bougonna :

" Tous les étés, pareil…

– Quoi ?

– Plus de clim. Tous les étés, pareil. Les marlous se baladent en voitures climatisées. Et nous, on crève de chaleur…

Le Che lui adressa un regard compatissant, tandis que l'autre reprenait :

" Et c'est pour ça que je fume…

– Pardon ?

– Quand je tire sur la cigarette, j'aspire. Quand j'aspire, je respire. Quand je respire, je reste vivant. Donc, si je fume, c'est pour rester en vie. Sinon, il fait trop chaud pour respirer…

Le Che esquissa un sourire et commença à se rouler une cigarette. Pour une fois qu'un fumeur pouvait s'adonner à son plaisir sans déclencher une puritaine tempête d'insultes et de réprimandes, il fallait en profiter. La clope au bec, il s'assit sur une chaise posée devant le bureau et exhala sa première bouffée avec délectation. Puis, il interrogea à nouveau :

" Alors, pour Marlin ?

Frédo repoussa du bout des doigts une enveloppe de papier kraft posée sur le plateau. Puis, avec une voix de fatigue intense mêlée d'amertume, il maugréa :

" Ah, ça ? Ça a changé, depuis…

– Quoi ?

– Y a des scoops que je peux faire passer à mon cousin. Ça arrange même la maison, selon les cas. Puis, y a les autres. Ceux-là sont classés top secret. Motus et bouche cousue. Silence radio…

Il posa son index sur ses lèvres et participa ainsi à une nouvelle chute de cendre. Sans s'en inquiéter, il poursuivit :

" Et l'affaire des laboratoires Marlin, c'est de la très grosse affaire… Un coup à faire péter la bourse de Paris. Et sans doute pire. Paf…

Les yeux écarquillés sur un palais Brognard imaginaire, mis à feu et à sang, il resta quelques secondes silencieux, tandis que le Che commençait à trépigner sur sa chaise. Puis, Frédo tira une nouvelle bouffée et reprit son délire, le regard extatique :

" Dites à mon cousin que je ne peux rien faire. C'est trop gros. Trop risqué pour moi. C'est de la politique de haute voltige, c'est un truc au moins pour le G 8, ça...

– Et vous êtes sûr que...

Frédo trouva les moyens physiques nécessaires pour mettre sur pied sa grosse carcasse. En soufflant, il fit le tour de son bureau à pas lents et posa un coin de fesse sur le plateau. Les yeux rêveurs, il répondit à cette nouvelle tentative du Che :

" Jeune homme... Si vous saviez ce que l'on sait, et si vous voyiez ce que l'on voit, vous seriez heureux de penser ce que vous pensez...

Avec une mine énigmatique, il ajouta :

" La loi du silence, ce n'est qu'une règle que les politiques ont apprise du milieu. Moins tu parles et plus tu gagnes, disait ma grand-mère. Une sage, la mémé Scotto... Les affaires pourries, celles qui touchent les élus et les industriels, on n'a pas le droit d'en parler. Que voulez-vous ? Refourguer trois barres de shit, et c'est direct les Baumettes. Mais détourner un milliard d'euros, et c'est tout juste si on n'est pas canonisé sur place. C'est dégueulasse, mais c'est la vie. Moi, je ne suis qu'un rouage.

Il s'étira en arrière avec un plaisir non dissimulé, puis ajouta :

" Et des fois, le rouage a besoin d'aller se chercher un café...

– Mais je suis pas venu pour ça, moi !

Les yeux battus de Frédo luirent de façon étrange et se plantèrent dans ceux du Che :

" Il me faut très exactement deux minutes et trente-sept secondes pour aller à la machine à café et revenir. C'est réglé comme du papier à musique… Quand je serai de retour, je reprendrai ma place de rouage dans la machine à enculer le bon peuple de France. En attendant, vous faites ce que vous voulez, je ne veux rien savoir…

Le Che sentit frétiller, dans la poche de ses pantalons, le petit appareil photo numérique qu'il gardait toujours sur lui. Comme dans les bons vieux westerns toutes options, il était à sa tenue vestimentaire ce que le coutelas était à la botte des cow-boys. Son arme secrète. Son talisman.

Pendant que Frédo le philosophe passait la porte, il l'entendit encore maugréer de sa voix grave :

" Deux minutes trente-sept, comme du papier à musique…

Rue de la République, le siège des laboratoires pharmaceutiques Marlin s'était installé dans un immeuble bourgeois, aux façades noires, bouffées par la pollution. Rien ne le distinguait des autres pâtés haussmanniens. Rien, si ce n'était une plaque en cuivre de taille modeste, en tous points semblable à celles que s'empressent d'apposer les docteurs et autres avocats tout frais émoulus de leurs universités respectives.

Francis Boildieu poussa la porte d'aluminium anodisé qui se trouvait derrière le lourd vantail en bois massif de l'entrée, et se retrouva dans un vaste hall capitonné. La température, comparée à celle qui cuisait et recuisait Marseille dans son jus, lui saisit le corps entier de toute sa fraîcheur. Il frissonna et, mentalement, en profita pour insulter copieusement l'inventeur de la climatisation ainsi que tous ses utilisateurs qui confondent températures douces avec le mode hyper-freeze des congélateurs. Après sa courte nuit arrosée de trop de rhums, suivie de cette rencontre en plein soleil avec Picchione, c'était un coup à attraper la mort.

Le vieux journaliste composa sur son visage sa mine la plus affable et s'approcha de la banque d'accueil. Derrière celle-ci, absorbée par la lecture d'un magazine, suçotant distraitement son crayon, une hôtesse d'environ vingt-cinq ans, estampillée aux couleurs des laboratoires Marlin, ne releva son visage vers le visiteur que lorsqu'elle entendit un léger raclement de gorge. Aussitôt, elle s'ouvrit d'un large sourire pré-formaté, découvrant deux rangées de dents d'une blancheur extraordinaire, accentuée encore par le contraste de sa peau presque noire à force de soleil :

" Bonjour monsieur, en quoi puis-je vous être utile ?

Le ton faussement enjoué, le regard confit de certitudes, le décolleté savamment orchestré, le rictus extatique du visage : tout y était. De surprise, Boildieu fit un pas en arrière. C'était la secrétaire d'accueil parfaite, sans aucune aspérité, pas la moindre trace de vie intérieure. Une poupée passée au laminoir des ressources humaines, une vitrine pour ce laboratoire, douée de la parole. Sans cesser de sourire, elle reprit :

" Monsieur ? Puis-je vous aider ?

Elle n'avait pas non plus la moindre trace d'accent. Une voix d'hôtesse de l'air. Et, toujours, ce foutu sourire figé, comme accroché à sa face. Boildieu frissonna une seconde fois et pesta ce coup-ci sur les désastres qu'engendrait la standardisation. Quittait-elle seulement son masque lorsqu'elle rentrait chez elle ? Ou bien était-elle réellement déformée, transformée définitivement par ce moule de politesse trop affecté ?

" Ça ne va pas, monsieur ?

Boildieu sortit son mouchoir de sa poche intérieure et effaça les premières sueurs froides qui apparaissaient sur son visage. Puis, il balbutia :

" Si, si... Tout va bien. Je voudrais rencontrer l'un des responsables des laboratoires Marlin, je vous prie...

La secrétaire marqua un léger temps d'hésitation avant de répondre :

" Mais c'est que nous sommes en plein mois de juillet, et de nombreux cadres sont partis en congés...

– C'est très urgent, mademoiselle !
– Mais…
– Si je vous dis que c'est très urgent, c'est que ça l'est. Sans quoi, je ne me serais pas permis de vous déranger dans votre travail…

La jeune femme suçota à nouveau son crayon de manière pensive. Puis, elle rechaussa son sourire aseptisé et annonça :

" Très bien. Il y a monsieur Pinatel qui est là et qui va vous recevoir. C'est l'un des fondés de pouvoir des laboratoires.

– Merci, Mademoiselle…

Le coin des lèvres carminées s'étira encore plus et la voix mécanique de la secrétaire remoula, toujours sur le même ton :

" Puis-je connaître votre identité et l'objet de votre visite ?

Pour couper court et fuir au plus vite cette grimace insupportable de bienséance, Boildieu répondit, excédé :

" Je suis monsieur Zola. Émile Zola. Journaliste à France 3.

– Bien, je contacte monsieur Pinatel tout de suite. Si vous voulez bien patienter…

Rien d'autre. Une fleur sans parfum ni couleur. Un encéphalogramme désespérément plat.

Quelques minutes plus tard, la secrétaire conduisit Boildieu jusqu'au bureau de Guy Pinatel, quatrième étage porte gauche. De l'index, elle frappa trois petits coups contre la porte, l'ouvrit et s'effaça. Puis, elle rebroussa chemin sur ses escarpins en remuant juste ce qu'il faut de hanches pour rester dans le domaine du correct, tout en flirtant avec l'érotisme de carte postale.

Dans le bureau, il régnait une obscurité presque parfaite. Seuls, les deux rideaux de velours laissaient filtrer, par leur partie supérieure, une faible source de lumière. Francis Boildieu cligna des paupières pour s'habituer à la pénombre et aperçut au bout d'un instant une silhouette de profil, assise, jambes croisées et mains sur les genoux. Il avança dans le silence et s'immobilisa à trois mètres de l'ombre :

" Monsieur Pinatel ?

– Lui-même, répondit la masse sans bouger d'un millimètre. Et vous seriez donc monsieur Émile Zola...

– Simple plaisanterie de potache, sourit Boildieu. C'était juste histoire de vérifier une nouvelle fois que les connaissances littéraires de nos congénères rivalisent avec la vacuité de leurs existences...

– Qui êtes-vous ?

– Boildieu. Francis Boildieu. Journaliste sportif pour l'agence de presse Zelda.

La silhouette pivota d'un quart de tour sur la gauche avec un bruissement ouaté. La voix, sèche sans être autoritaire ni déplaisante, sonna encore :

" Asseyez-vous, et faites vite. J'ai du travail.

Boildieu s'exécuta. Maintenant que ses pupilles s'étaient faites à la faible clarté, il pouvait deviner le bureau. Les murs étaient nus. Aucune photo officielle de l'OM. Pas de maillot signé par les joueurs et exposé comme une relique dans un cadre de bois doré. L'architecte d'intérieur devait être un intégriste du minimalisme. Moquette unie sur le sol, long bureau de bois, deux fenêtres barrées par les rideaux, un fauteuil pour visiteur, trois bibelots d'art moderne sur des colonnes de plexiglas. Et une porte aussi, qui devait dissimuler dans les murs les dossiers en cours, bien à l'abri des regards indiscrets. Au bout de quelques secondes, l'homme grinça :

" Alors, que me voulez-vous ?

– À vrai dire, je ne sais pas encore.

– Un journaliste qui avoue son ignorance, voilà qui est rare…

Boildieu encaissa la raillerie froide sans ciller. Il reprit sur le même ton poli :

" Mon agence m'a envoyé à Marseille pour trouver des sujets nouveaux sur l'OM et j'ai pensé que vous pourriez me…

– Tiens donc ! trancha Pinatel. Depuis quand les médias s'intéressent-ils à l'OM pour autre chose que des scandales, des affaires de corruption, des carambouilles en tout genre, des mélis-mélos de politiciens, de maffieux et que sais-je encore ? Seriez-vous donc l'exception qui confirme la règle ?

– Qui sait ?

Les deux hommes gardèrent un instant le silence. Boildieu nota que Pinatel parlait un français châtié, presque sans accent. Il pouvait avoir dans les soixante-dix ans, peut-être plus. Cela était impossible à dire dans cette semi-obscurité. Il lui sembla être presque chauve, avec un crâne oblong, un nez long et fin, et des joues lourdes qui débordaient de son col de chemise. Ce barbon élégant, à l'autorité naturelle et à l'humour incisif, correspondait à la perfection à l'image que l'on se fait d'ordinaire des fondés de pouvoir. Un monolithe tout puissant, sûr de lui, vaguement méprisant, et que l'on imaginait volontiers dur en affaires. Tout y était. Excepté le cigare.

Boildieu toussota légèrement et demanda :

" Que pouvez-vous me dire sur Joseph Faust ?

L'homme se raidit imperceptiblement sur son fauteuil de ministre, dont il fit crisser le cuir :

" Pardon ?

– Oui, Joseph Faust. Quel a été son parcours, d'où vient son intérêt pour le football et l'OM ?

Pinatel siffla un bref soupir de mépris :

" La biographie officielle de monsieur Faust est disponible dans toutes les agences de presse. Quant à son intérêt pour le football…

– Oui ?

– Vous pouvez écrire toutes les banalités qui vous passeront par la tête. Ce sont, de toutes façons, toujours les mêmes inepties.

Boildieu se crispa à son tour :

« Je vois que vous n'aimez pas beaucoup les journalistes, monsieur Pinatel…

– Bonne déduction ! De mon temps, le journalisme ne s'acharnait pas à débusquer du scandale là où il n'y en avait pas !

– Peut-être le monde a-t-il changé ? Et qu'y pouvons-nous si, à chaque fois que l'on soulève une pierre, nous tombons sur des cadavres ?

– Foutaises !

La voix péremptoire avait claqué comme un fouet. Quand elle se dissipa dans l'atmosphère, Guy Pinatel ajouta avec une amertume à peine voilée :

« Les journalistes sont prêts à tout pour vendre du papier. Comme si, à l'OM ou ici, chez Marlin, nous avions tous un cadavre dans le placard et les mains sales. Les laboratoires Marlin sont le sponsor de l'OM et d'autres clubs prestigieux, sans oublier la Ligue elle-même. Monsieur Faust est le PDG des laboratoires Marlin, et je suis le fondé de pouvoir de monsieur Faust depuis déjà de très nombreuses années. Retournez à vos reportages pour nourrir les supporters avides de faux scandales, et ne me faites plus perdre mon temps.

Francis Boildieu se leva sans répondre. Pendant qu'il quittait la pièce, la vieille ombre patinée de morgue et de dédain cracha encore :

« Pour les scandales, voyez avec les ivrognes du Vieux Port. Vous aurez votre content de rumeurs malsaines !

Il aurait pu être le père de la Valandré, sans aucun doute.

Il était dix-neuf heures lorsque Boildieu s'installa justement sur le Vieux Port, quai du Port, à la terrasse du Petit Pernod. À cet instant, les Marseillaises et les Marseillais renaissaient à la vie avec la baisse de la température et l'apparition des pointes de brise marine. Ils se pressaient soudain sur les bars, cohabitant sans trop de grogne avec les norias de touristes qui s'apostrophaient dans toutes les langues et s'extasiaient sur la Bonne Mère, la Canebière et en face, quai de Rive-Neuve, sur l'incontournable Bar de la Marine.

Le vieux journaliste en était à sa troisième mauresque, et le mélange subtil du pastis et de l'orgeat faisait fonctionner à plein régime son don inné pour l'analyse. Décidément, oui. Contrairement aux apparences, ce Pinatel parlait trop. Il avait évoqué l'existence de la biographie officielle de Joseph Faust. S'il avait lâché ce qualificatif, c'est qu'il existait une version moins politiquement correcte, quelque part dans la nature, et dont les laboratoires Marlin ne tenaient pas du tout à ce qu'elle soit balancée sur la place publique. Première piste.

Ensuite, le fondé de pouvoir avait employé l'expression : les mains sales. À moins qu'il ne fût un inconditionnel de Jean-Paul Sartre, c'était une formule relativement peu usitée. Et surtout, elle produisait un étrange écho avec le texto reçu l'avant-veille par Picchione. Seconde piste.

Avec la visite du Che à l'Évêché, cela faisait même trois...

Comme par enchantement, une quatrième mauresque descendit du plateau d'argent et se posa avec un son cristallin sur la table de Boildieu. Avant que le garçon ne reparte, il régla les consommations tout en prenant soin de laisser un large pourboire. Puis, il demanda d'un ton badin :

" Alors, jeune homme ? Et l'OM ?

Le serveur eut une moue désabusée :

" L'OM ? Moi, je fais du water-polo au Cercle des Nageurs. Alors, le foot...

Et il repartit vers son comptoir en secouant la tête de désespoir, car les flopées de touristes lui posaient cette question au moins cent fois par jour.

C'était donc vrai ? Tous les Marseillais n'étaient pas des fanatiques de l'Olympique de Marseille ? Ils ne s'habillaient pas tous en bleu et blanc les soirs de match, et ne se transformaient pas en supporters hystériques et violents dès le coup d'envoi ?

La Valandré risquait de ne pas apprécier qu'on lui gâche son beau tableau...

Francis Boildieu, ragaillardi, lampa sa mauresque cul sec et, doucement saoulé, décida de se laisser guider par le hasard dans les ruelles de Marseille. Ce soir, il se sentait l'âme à dévorer de la queue de langouste grillée accompagnée d'un Vieux Télégraphe blanc et glacé.

Le digestif, il le dégusterait à la villa Lucette. La grande commode à rhum pouvait déjà commencer à trembler…

CHAPITRE 6
(Marseille – 1937)

Cette nuit-là, la place de Lenche et ses environs ne désemplirent pas pour fêter leur héros et la victoire de l'Olympique de Marseille sur l'Italie fasciste. Dès sa sortie du Vélodrome, Silvio fut cueilli par tous ceux du Panier et un cortège de trois ou quatre cents personnes prit la direction du bord de mer. Après une bonne heure de marche triomphale, lorsque la troupe aborda la rue de la Mure par la place Victor-Gélu, le soleil commençait à peine à se coucher. Ses rayons d'or tissaient une couronne de héros victorieux sur la chevelure de jais de Silvio, et dessinaient un diadème sur les longues boucles brunes de Marcia.

À l'unanimité, il fut alors décidé de poursuivre la fête, une demi-heure plus tard, au bar le Charlot. Comme une volée de moineaux, le cortège se dispersa et chacun prit le plus court chemin jusqu'à chez lui pour déposer ses affaires et, surtout, pour troquer les costumes et les robes de ville contre les traditionnels bleus de Chine et les jupes de tous les jours. Plus de chichi ni de tralala. On était rentrés au Panier, à la maison.

Seuls, quelques irréductibles, déjà trop saouls pour chercher autre chose que le bar de Carlo, tracèrent directement jusqu'à la place de Lenche, sans cesser de hurler des vivats et de remercier Dieu et tous les saints du Paradis, dans une commedia dell'arte bon enfant et joyeusement débridée.

Dans les rues et les venelles, les anciens de l'Italie et de Corse avaient fini de manger, et ils avaient sorti les chaises de paille sur le pas-de-porte des maisons. Depuis longtemps déjà, la bonne nouvelle du match gagné sur les fascistes avait volé jusqu'à eux. Les hommes fumaient en silence, un sourire de fierté sur les lèvres. Les femmes, toutes vêtues de noir, ravaudaient avec application ou triaient les légumes pour le repas du lendemain. Partout, le linge flottait aux fenêtres. Les étendages à tyroliennes reliaient toutes les façades du Panier en une seule et unique toile d'araignée. En penchant la tête vers le haut, et au moindre coup de vent, on se sentait comme sur un navire, une goélette parfumée de frais, une nef de pierre aux voiles claquantes, prête à appareiller en direction du sud, emportant avec elle la cathédrale de la Major, le quai de la Tourette et même le fort Saint-Jean.

" Et moi ce que je dis, c'est que c'est une grave erreur politique que tu as commise ! Ce match, c'était de la propagande pour les chemises noires, et de la propagande anti-bolchevik !

Le jeune homme qui venait de parler était rouge de colère, les deux poings serrés posés sur la table de bois brut, dans l'arrière-salle de la boulangerie de la rue Baussenque. Derrière lui, une dizaine de personnes, dont le plus vieux n'avait pas vingt-cinq ans, écoutaient en silence, l'air grave, la cigarette aux lèvres, les bras croisés sur la poitrine. Assis sur un tabouret, juste sous l'ampoule nue pendant au bout du fil électrique, Silvio baissait la tête. Il sentait la main douce de Marcia posée sur son épaule. Elle le protégeait de toute sa douceur dans la chaleur étouffante qu'exhalait, de l'autre côté de la cloison, le four de la boulangerie tournant à plein régime, vingt-quatre heures sur vingt-quatre.

Guido jeta son mégot de gris sur le sol, l'écrasa rageusement sous le talon de son espadrille et reprit, avec une violence de plus en plus mal contenue :

"Tu as trahi la cause, Silvio ! Tu as fait le jeu des fascistes ! Avec ton geste, tu as trahi l'Internationale, le Komintern et les camarades !

Par bouffées, des airs populaires d'Italie et de Corse arrivaient jusqu'aux oreilles de Silvio et de l'assemblée. C'était le milieu de la soirée et l'on ne jouait encore que les grands succès du moment : la *Java bleue* de Fréhel, *Parlez-moi d'amour*, la valse-hésitation de Lucienne Boyer, sans oublier *La plus bath des javas* de Georgius, ni le dernier hymne des congés payés, créé par Pills et Tabet : *Couchés dans le foin*.

C'était pourtant lui que l'on fêtait dehors. Lui et le match. Son match. Un quart d'heure plus tôt, un peu éméché, Silvio avait suivi Marcia pour cette réunion de cellule improvisée. Marcia, il l'aurait suivie au bout du monde, les yeux bandés. Il s'attendait à un nouveau concert de louanges et, voilà qu'à peine installés dans l'arrière-salle encombrée de sacs de farine, les purs et durs du parti lui reprochaient d'avoir disputé un match de football !

Il tenta de protester faiblement :

" Mais c'est pour le quartier que j'ai fait ça…

Guido croisa à son tour ses bras maigres sur sa poitrine, et accusa à nouveau d'une voix implacable :

" C'est faux… Ce match, tu l'as joué pour toi. Pour en mettre plein les yeux à tous ceux du Panier. Et aussi parce que tu préfères jouer au football plutôt que de rejoindre le camp des travailleurs.

– Et alors ? En un match, j'ai gagné plus de deux mois de soldes sur les quais !

La main osseuse de Guido, sur laquelle des veines gonflées dessinaient de petits serpents durs, s'abattit sur le plateau de la table et fit sursauter tout le monde :

" Trahison ! Tous les travailleurs doivent se tenir la main ! Et tu dois être un travailleur ! Pour que l'Internationale réussisse ! Mais toi, tu as agi comme un lâche et un égoïste !

Silvio redressa enfin la tête, sauta sur ses pieds et passa en une fraction de seconde de l'abattement à la colère :

" Tu m'emmerdes maintenant, avec ton Internationale ! Si je peux jouer à l'OM, Marcia aura plus à se lever à cinq heures pour aller aux dattes ! Si je peux m'en sortir, je m'en sortirai, moi !

– Ça aussi, c'est de l'égoïsme !

– Alors vas-y, toi ! Va les faire, les dattes ! Et après, on en reparle !

Puis, avec une mine écœurée, Silvio cracha sur le sol de terre battue :

" Tu peux faire le mariole, avec tous tes mots de bolchevik, de Komintern, d'Internationale, et tout le reste. Pour moi, t'es qu'un col blanc. Et tu resteras un col blanc avec des rêves de col bleu…

Guido fit le tour de la table à pas lents et s'arrêta face à Silvio. Ses yeux gris bouillonnaient de haine, mais aussi d'une jalousie terrible, une de ces jalousies secrètes que l'on ne garde que pour soi, qui vous pollue, vous mine, vous tue, et menace à chaque instant de vous transformer en meurtrier.

Le chef de cellule du Panier était petit, sec, et d'une allure plutôt disgracieuse avec ses bras maigres et trop longs, ses joues haves et ses cheveux filasse. Fils d'un fonctionnaire marseillais et d'une Italienne de Rimini, il avait fait des études et était passé depuis peu contremaître. Aujourd'hui, il dirigeait des équipes de production dans une huilerie, du côté de Saint-Antoine. Il travaillait à faire travailler les autres. Toute cette frustration accumulée en lui de ne pas appartenir aux cols bleus l'avait transformé en meneur d'hommes. Mais s'il souriait peu et ne riait jamais, c'était parce qu'il était amoureux depuis toujours de Marcia. Amoureux à en crever.

Bien sûr, il n'avait jamais rien dit. Face à elle, il se sentait minable, un pauvre type qui n'était même pas de son monde, le milieu ouvrier. Il était entré en politique plus pour l'impressionner que par un idéal quelconque. Être communiste, ça vous classait un homme. Les idées étaient généreuses, le romantisme des barricades au coin de la rue. Et voilà qu'elle lui préférait ce bellâtre, tout juste bon à taper dans une balle et presque incapable d'écrire son propre nom ! Face à tant d'injustice, il se sentait la force et l'envie irrépressible de le tuer pour, enfin, pouvoir serrer Marcia tout contre lui...

Silvio le dépassait d'une bonne tête, mais Guido n'hésita pas à le défier, les yeux durs, les poings serrés. Il fit encore un pas en avant, jusqu'à ce que leurs deux corps se frôlent. Le menton haut, deux plis mauvais aux commissures des lèvres, il grinça :

" C'est vrai que je suis un col blanc. Mais c'est parce que j'ai étudié, moi. Je n'ai pas passé mon temps à taper dans un ballon comme un imbécile. J'ai acquis une conscience politique, moi ! Et par les temps qui courent, chacun doit maintenant choisir son camp, camarade...

– Moi, je suis français, répondit Silvio avec fierté. Italien, mais français !

Guido ricana :

" La belle affaire ! Mais tu es français de quel côté ? De celui de Blum, de Thorez, de la SFIO et du

Parti ? Ou de celui de l'Action française, des Cagoules, des Croix de Feu et de Gringoire ?

Excédé, Silvio fit un pas en arrière et glapit :

" Mais je m'en fous, moi ! J'en sais rien ! Je les connais pas tous ces trucs-là !

– Pour l'instant, peut-être ! Mais eux, s'ils prennent le pouvoir, tu vas les connaître de très près si tu t'engages pas !

– Mais m'engager à quoi ?

Ignorant la question, Guido lui tourna ostensiblement le dos. Dans le silence, on entendit à nouveau des bribes de musique, lancinante cette fois, dévorées par instants par les craquements des bûches qui se tordaient dans les flammes du four. Guido posa ses paumes sur le plateau de la table et parla d'une voix grave dans la lumière à suspensions :

" Léon Blum n'en a plus pour longtemps. Les capitalistes sont en train de renverser la SFIO et bientôt, la France sera en guerre.

Un murmure incrédule parcourut l'assemblée. La guerre ? Et à Marseille, en plus ? La guerre, c'était un truc pour le Nord, pas pour ici ! En 1914, c'était vers la Meuse qu'on s'était battu. Pas sur les bords de la Méditerranée !

Gino, qui plumait les pigeons aux dés, à même le sol des terrasses des bars pour éviter de payer la goutte aux patrons, Gino, qui se faisait invariablement ramasser par les flics à cause de ses mains noires, Gino intervint de sa voix enrouée de fausset :

" Elle durera pas longtemps, ta guerre ! Moscou va s'en occuper, et pas qu'un peu encore !

Certains applaudirent sans conviction, et Guido reprit :

" Peut-être… Mais pour l'instant, il faut se préparer au combat. Après l'Éthiopie annexée par le Duce l'année dernière, c'est en Espagne que les fascistes veulent prendre le pouvoir. Pour soutenir Franco, Mussolini a envoyé plus de cinquante mille chemises noires de l'autre côté des Pyrénées. Ils veulent écraser le front républicain…

Marcia eut un frisson en repensant à son père, mort là-bas pour la lutte contre le roi, les caciques, l'église, dès 1922. Guido répéta, juste pour elle et en détachant bien chaque syllabe :

" Oui, l'Espagne est à feu et à sang…

Dans un grand accès de fièvre, il se retourna à nouveau vers les jeunes gens :

" Barcelone ! Madrid ! Ça tire dans tous les sens ! Et quand Franco aura gagné, ce sera le tour de la France ! Tout ça pendant que les nôtres, communistes, anarchistes, républicains, se battent pour la liberté ; pendant qu'Hitler, Franco et Mussolini préparent la seconde guerre mondiale ; pendant que la France est sur le point de devenir une nouvelle puissance fasciste ; pendant ce temps-là…

Guido désigna Silvio d'une main tremblante de rage et de mépris :

" Pendant ce temps-là, certains jouent au football avec les chemises noires du Torino…

Marcia retint de justesse le poing de Silvio qui, en s'élevant, avait heurté le plafonnier :

" Non ! Arrête !

Dans le lent balancement de la suspension électrique, Marcia se serra très fort contre son amant pour l'empêcher de frapper. D'une voix lugubre, Guido conclut, d'un ton fatigué :

" Si la guerre éclate, c'est l'Allemagne qui sera la plus forte. En moins d'un an, ils auront toute l'Europe, Marseille y compris. Le Panier, le Vieux Port, la Bonne Mère, les Réformés. Tout. Et une fois de plus, on ne sera plus chez nous. On devra encore fuir. Alors, choisis ton camp, camarade. Si tu n'es pas avec nous, tu es contre nous…

L'une après l'autre, les silhouettes fuyantes de ce petit comité de l'ombre quittèrent l'arrière-salle de la boulangerie. Comme pour enfoncer encore un peu plus le clou de la douleur, un Corse à l'accent outré beuglait sur la place de Lenche la chanson de Charles Trénet, qui passait à cette époque troublée vingt fois par jour sur les ondes de la TSF : *Y a d'la joie…*

Blottie contre Silvio, Marcia pleurait sans bruit. Elle ne parvenait pas à s'imaginer le Panier, son Panier, résonner du fracas des bottes cloutées, des détonations des fusils, des explosions des grenades. Les chars ne pourraient jamais défiler sur la Canebière. Elle en était sûre. Elle le désirait de toute son âme.

Guido ne pouvait qu'avoir exagéré avec son discours de communiste. Et de toute façon, Marseille ne céderait jamais !

Silvio lui releva doucement le visage. Puis, il but une à une les larmes qui glissaient sur les joues douces de Marcia.

Ce soir, il l'emmènerait à nouveau dans son studio de la rue de la Cathédrale. Ce soir, comme tous les soirs qui suivraient. Et ils feraient l'amour. À s'en saouler. À en éclairer le monde.

Et si les fascistes devaient déferler sur Marseille, il s'en foutait. Il emporterait sa Marcia à l'autre bout de la terre. Là où la guerre n'existe pas…

CHAPITRE 7
(Marseille – 2002)

À Marseille, dans le jardinet de la villa Lucette, Boildieu avait chaussé ses lunettes à monture d'écaille avec une solennité de chirurgien sur le point d'autopsier un corps. C'est que la chose était délicate. Voire, essentielle.

L'heure de l'apéritif avait sonné. Par respect de la liturgie, les cigales s'étaient tues. La fontaine en stuc, adossée au mur mitoyen, n'émettait plus qu'un gargouillis agonisant sous le tilleul aux senteurs de miel. Boildieu, accroupi sur le gazon afin d'être au niveau exact de l'opération à venir, transpirait à grosses gouttes. La main ferme sur la bouteille, les fesses touchant presque le sol, un œil clos et la langue sortie entre les lèvres, il fit couler le pastis en un minuscule filet qui se détachait parfois en chapelets de gouttes, avant de reconstituer un lacet jaune d'or gras et odoriférant. De la nitroglycérine aurait été moins bien traitée que cela.

L'opération de versage dura une bonne minute. Quand, enfin satisfait du résultat, il redressa d'un coup sec le ventre de la bouteille, le verre était aux deux tiers plein. Un sourire de gourmet se dessina progressivement sur ses lèvres. Puis, il reposa la bouteille avec une lenteur respectueuse sur le teck de la table, et saisit en retour une carafe de cristal que la condensation avait drapée de diamants d'eau. Nouvelle posture. Et le filet glacé coula à son tour. Trois secondes. Pas même le temps de troubler la masse huileuse de l'alcool. De satisfait, le sourire du vieux journaliste devint généreux, comblé. Deux glaçons de la taille d'un dé firent leur dernier plongeon dans le mélange.

Et Boildieu se releva. Son visage exprimait cette fois-ci une joie pleine, une satisfaction totale. Celle de l'artiste romantique au sortir de sa grande œuvre, et qui rejoint en roi triomphal le monde crasseux de l'humanité souffrante.

Picchione, trempé de sueur noircissant par plaques brunes son tee-shirt rouge vif, avait assisté à la scène avec un silence d'enfant de chœur un jour de baptême. Il se redressa sur son fauteuil et indiqua le verre d'un hochement de menton :

" Dis-moi, t'as pas peur de l'avoir fait un peu léger, cette fois ?

Boildieu frémit d'indignation :

" Mon cher Picchione, cette raillerie est tout juste digne du Che et m'étonne de toi.

– Ne le prends pas mal, Francis ! C'est juste une bêtise… Je fais que te brancher un peu, avec ton pastaga !

Boildieu, qui en était à son quatrième verre d'apéritif version yaourt, s'approcha à pas comptés de son ami, le verre de pastis tenu à bout de bras. Derrière eux, Adrien, l'Indien du Canada, suivait toute la scène, la clope aux lèvres. Il en avait même oublié de poursuivre la taille des bonsaïs d'Anne-Marie Le Phalène avec ses ciseaux d'argent. Boildieu s'arrêta devant Picchione, leva au-dessus de sa propre tête ce Graal d'un nouveau genre, et interrogea sur un ton professoral :

" Mon cher ami, tu persifles en ignorant… Mais sais-tu bien au moins ce qu'est le pastis ?

Un grand éclat de rire accompagna la réponse :

" À moi ? À moi qui suis marseillais, tu me demandes si je sais ce que c'est le pastis ?

– Parfaitement… Et tu ne le sais pas, tu ne peux pas le savoir, car tu es un anti-alcoolique…

Dans une ferveur mystique, le vieux journaliste s'emporta soudain :

" Le pastaga… Mais quel affreux nom pour le joyau de la dive bouteille !

Le mouchoir à la main, Picchione s'esclaffa une nouvelle fois dans le crépuscule :

" Quel joyau ? C'est toi qui délires ! Le pastis, c'est tout juste de l'apéritif ! On ne te parlera jamais de grands crus, de bonne année, de terroir, d'œnologue, et encore moins d'AOC ! Ici, c'est juste le jaune, le pastaga, version tomate, mauresque ou perroquet. Et rien de plus !

Boildieu fronça ses sourcils vers le haut, les yeux fermés par le désespoir. Puis, il déposa précautionneusement le verre sur la table, entre les moules à l'escabèche, les poivrons à l'ail et les petits farcis préparés par Adrien. Sa main lourde d'émotion s'abattit ensuite sur l'épaule de son ami :

" Pauvre fou que tu es... Mais ce breuvage, c'est tout un cérémonial ! Anis étoilé, alcool, badiane, réglisse, macération de plantes aromatiques : l'alchimie reste secrète... Et le servir nécessite une gestuelle et une maîtrise dignes des courtisanes japonaises lorsqu'elles se livrent à la cérémonie du thé. Pastis en juste proportion. Eau fraîche mais non glacée, pour ne pas tuer le goût. Et les glaçons, uniquement à la fin, pour maintenir le nectar à la température idéale.

Dans un élan de dévotion, il croisa ses mains sur sa poitrine et se pencha soudain sur Picchione :

" Et toi qui me parles d'AOC, et de que sais-je encore ! Mon bon ami, aurais-tu oublié que le pastis est le fils de la fée verte ?

– Et maintenant, il devient fada...

– Qui ? Moi ?

– Et qui d'autre ? Ici, à Marseille, un fada, c'est celui qui voit des fées partout !

Boildieu souleva à nouveau le verre aux lourdes marbrures tirant sur le marron :

" La fée verte, Picchione ! L'absinthe... Dans mon adolescence, j'en ai bu des litres et des litres avec toute la jeunesse existentialiste et les vieux chantres du surréalisme ! Sur les flancs de la butte Montmartre, dans les caboulots de Bastille, aux terrasses dorées de Saint-Germain, c'était un breuvage précieux qu'il fallait déguster à petites gorgées…

Il huma longuement le verre, les yeux fermés par le bonheur, sous les regards incrédules et mâtinés d'une pointe d'inquiétude d'Adrien et de Picchione. Puis, il prit une large inspiration et descendit son pastis cul sec. Derrière les trois hommes, le saule pleureur en eut soudain des frissons et bruissa d'une admiration non feinte. Boildieu fit claquer sa langue contre son palais et, les yeux en feu, il s'exclama :

" Ainsi, en buvant l'enfant de la fée verte, je bois un peu de ma jeunesse…

À cet instant, le Che descendit quatre à quatre les escaliers qui conduisaient au jardin. Une grande enveloppe tendue à bout de bras, il avait son bon sourire de Basque tout illuminé par le plaisir de celui qui a débusqué de l'information saignante, premier choix. Hilare, insensible à la liturgie empreinte de mysticisme de son confrère et ami, il gueula dans un bon rire :

" J'ai du chaud ! Du bouillant ! Du gras de chez très gras !

Avec fierté, comme il l'aurait fait d'un lièvre ou d'un faisan abattu à la chasse, il balança l'enveloppe de papier kraft estampillée au logo d'un laboratoire photographique sur la table, sous le regard interloqué de Boildieu, coupé dans son élan sacré. Sans plus de ménagements que s'il se fût agi de la plus vulgaire bouteille de vin de table, le Che balança trois glaçons dans un verre propre, fit couler à gros bouillons une large rasade de pastis et noya le tout avec de l'eau, avant de s'exclamer :

" Allez, on fait péter le pastag ! Ces photos, c'est de la bombe ! "

Atterré, Francis Boildieu baissa la tête vers le sol, et murmura sur un ton désolé :

" Pauvre fée… Pardonne-lui, car il ne sait pas ce qu'il fait. "

Pendant que Boildieu, pour tenter de réparer l'outrage, s'accroupissait une nouvelle fois afin de se confectionner dans toutes les règles de l'art un nouveau pastis, Picchione saisit l'enveloppe et en tira deux photos grand format. Sous le lampadaire, il commença à observer les clichés avec attention.

À dire vrai, ces photos n'offraient rien de bien passionnant. Il s'agissait des deux faces d'une même page de cahier de comptabilité, tamponnée au nom de la Pax Italia, et dont les colonnes tirées à la règle fourmillaient de chiffres, d'initiales ou de sigles. De toute évidence, compte tenu des pleins et des déliés artistiquement formés à la plume Sergent Major, l'auteur de ces comptes ne datait pas d'hier et ignorait tout de l'existence du traitement de texte et de l'ordinateur. Une date, située en haut et à droite du recto, donna immédiatement raison à Picchione : douze juin mille neuf cent trente-six, écrit en toutes lettres.

Après quelques minutes d'examen, le journaliste reposa les deux photos sur l'enveloppe, avec une mine qui en disait long sur sa perplexité. En une gorgée pensive, il termina son Vittel fraise, puis s'adressa au Che :

" C'est ça, de la bombe ?

— Ma foi ! Qu'est-ce qu'il te faut de plus ?

— Tu y comprends quelque chose à ces chiffres, toi ?

Le Che alluma un mégot puisé dans l'une de ses multiples poches à soufflets et, après avoir recraché un large nuage de fumée, il répondit avec tout son aplomb :

" Moi ? Rien du tout…

Picchione fronça les sourcils :

" Mais pourquoi tu dis que c'est de la bombe ?

— Ton cousin…

— Qu'est-ce qu'il a, mon cousin ?

— Il m'a dit que le commissaire était devenu pâle comme un mort quand il avait vu ça. Et qu'il avait téléphoné illico au ministère.

— Et alors ? Qu'est-ce que ça prouve ?

Le Che tira à nouveau avec un plaisir évident sur son mégot, jusqu'à s'en brûler les lèvres. Et avant de se servir son deuxième pastis, il conclut, péremptoire :

" Lettre anonyme, plus texto, plus coup de fil au ministère, plus photos exclusives du document, égale : de la bombe…

Titubant légèrement, l'haleine aromatisée à l'anis étoilé, Francis Boildieu daigna enfin abandonner le divin enfant de la fée verte pour se pencher sur le berceau des deux photographies. À nouveau, il chaussa ses lunettes à double foyer sur la hampe de son nez et plissa les paupières avec intensité. Dans le silence, on n'entendit plus alors que le friselis de la brise nocturne se frottant au saule pleureur, et le filet d'eau claire de la fontaine, tranché par le claquement sec des ciseaux d'Adrien qui supprimaient des excroissances aux bonsaïs. Le vieux journaliste finit par s'asseoir dans l'un des fauteuils de teck brun et se gratta la joue avec insistance, signe que ses neurones excités par l'alcool tournaient à plein régime. Puis, il lâcha sobrement :

" Messieurs… Si j'en crois ce document, nous avons affaire à un extrait d'un livre de comptabilité qui remonte au douze juin 1936. Selon toutes vraisemblances, les sigles et les initiales portés dans la colonne de gauche indiquent les personnalités ou les sociétés qui ont bénéficié de virements de la Pax Italia, durant cette période précédant la guerre…

– Ça y ressemble, convint Picchione, après avoir achevé le dernier poivron à l'ail agonisant dans son jus. Mais où ça nous mène, tout ça ?

Boildieu poursuivit son raisonnement :

" Pourquoi le commissaire a-t-il blêmi dès qu'il a eu ce papier en mains ? Vraisemblablement parce qu'il connaît la Pax Italia, et sans doute quelques-uns de ces sigles. Il en sait en tout cas suffisamment pour faire remonter illico presto l'information en haut lieu, jusqu'à son ministre de tutelle…

– Et alors ?

– Alors, je m'interroge… Qui a envoyé cette lettre anonyme ? Pourquoi son auteur a-t-il choisi d'envoyer justement cette page, et non pas une ou plusieurs autres ? Comment se fait-il que le chef de ton cousin ait immédiatement compris la teneur et l'urgence de ce message ? Qui sont les bénéficiaires de ces sommes ? Quelle est cette société donatrice, la Pax Italia ? Et surtout, qu'est-ce que les laboratoires Marlin ont à voir avec tout ça ?

Un silence poisseux se mit à presser de tout son poids sur le jardinet de la villa Lucette. Chacun regardait dans le vague, toute son attention braquée sur la rafale de questions que Boildieu venait d'énumérer. Malgré son amour pour les barriques de tous acabits, ce vieux gredin n'avait rien perdu de son sens de l'analyse. Il restait, contre vents et marées, fidèle à ce que Marx disait, en substance : un problème bien posé est déjà à moitié résolu.

Soit. Ils avaient déjà la première moitié. Manquait encore la seconde…

Ce fut l'instant que choisit Adrien pour délaisser ses bonsaïs et rejoindre les trois hommes. Son boitement sculpta dans le silence une arythmie sonore qui les tira de leur torpeur. Le visage toujours impassible, Adrien l'Indien, du haut de sa maigreur terrifiante, articula d'un ton grave :

" J'ai déjà entendu parler de la Pax Italia…

– Et comment cela serait-il possible, mon ami ? interrogea Boildieu de sa voix traînante. Je croyais que vous étiez indien du Canada, et non de la botte italienne…

Toujours à l'aide de sa seule main gauche, Adrien se roula posément une cigarette aussi squelettique que lui, la ficha entre ses lèvres fines, et expliqua à mots comptés :

" En 1935, mon père, D'Jelmako, a exercé son art en Italie. Rome, Venise, Turin. C'est la société Pax Italia qui l'avait fait venir pour une tournée d'exhibitions. Moi, j'étais jeune et il m'avait pris comme aide. Je me souviens de tout…

Dans la presque nuit, le Zippo éclaira brutalement son visage ridé, encadré par la masse de ses longs cheveux blancs. La fixité de son regard dur impressionna les trois hommes au point qu'ils se retinrent de respirer, jusqu'à ce que la flamme disparaisse, remplacée par le minuscule point orange de la braise.

Adrien, dit Akubêté et fils de D'Jelmako, le Tonnerre qui gronde, voyageait maintenant dans le passé :

" Je me souviens de tout, répéta-t-il sombrement. À chaque fois que mon père avançait sur son fil, ils étaient des milliers, tous au garde à vous. Ils avaient le bras droit levé et ils souriaient. Ils étaient fiers. Des dizaines de milliers de personnes. Tous habillés de noir. Mon père, ils le voyaient à peine. Ce n'était pas pour lui qu'ils s'étaient rassemblés. Ils criaient tous le même nom, en même temps. Duce, Duce, Duce… C'était comme si tous ces hommes étaient morts. Tous morts. Il n'y avait plus d'hommes, en fait. Juste cette foule noire qui avait dévoré ces hommes et qui hurlait, le bras tendu…

Adrien désigna un point invisible, quelque part sur la mer :

" Je les voyais couler dans la rue. Le bras droit tendu. Duce… Avec mon père, on est restés un mois. Puis, on a fini par rentrer à Marseille. Le noir, ça nous faisait peur. Et quand le noir nous a rattrapés ici, on a choisi de prendre le bateau. Pour aller loin. Au Canada…

Boildieu, le Che et Picchione observèrent un silence complet pendant qu'Adrien quittait le jardinet.

Ils l'entendirent gravir un à un les escaliers.

Son boitement résonna sur le parquet de la salle à manger.

Et la porte claqua.

Chapitre 8

(Marseille – 1937)

Un seul coup de matraque avait suffi à faire basculer Silvio dans le vide du chaos. Après sa seconde nuit d'amour avec Marcia, juste après la réunion de cellule, elle avait revêtu sa tunique de laveuse de dattes et était sortie dans la nuit rejoindre les autres filles. Les dattes, ça ne payait pas beaucoup, mais depuis les grandes grèves de l'année passée, le travail s'était fait rare. Affaiblie dans sa jeunesse par une phtisie mal soignée, la mère de Marcia, madame Réal, ne travaillait pas. Et il fallait faire bouillir la marmite.

Silvio l'avait entendue descendre les escaliers de l'immeuble quatre à quatre et gicler dans la rue pour rejoindre à toutes enjambées le ferry-boat. Elles formaient un groupe d'une bonne cinquantaine de filles. Cinquante femmes de tous âges qui, dans de grands éclats de rire et quelques coups de gueule, prenaient le bateau chaque matin pour rejoindre, de l'autre côté du Vieux Port, la fabrique du boulevard de la Corderie. Marcia y était entrée l'année précédente. Marco la fouine était intervenu en personne pour lui trouver cette place. Là encore, une histoire de solidarité entre ceux du Panier. Au rez-de-chaussée, elle faisait le lavage des dattes, le travail le plus pénible, surtout en hiver, quand l'eau glacée lui cisaillait la peau et creusait de profondes engelures. Plus tard, elle monterait au premier étage et mettrait les fruits dans les barquettes. Et au fil des années, elle grimperait au deuxième, là où l'on confectionnait les boîtes, puis au troisième, pour le triage. Une espèce d'ascension sociale.

Silvio, après une toilette sommaire, enfila son bleu de Chine et ses sandales, apporta un soin exagéré à ses cheveux qu'il couvrit d'une abondante couche d'huile parfumée, et dégusta un verre de café préparé par Marcia. Même ce liquide avait l'odeur du cou de la jeune fille.

Assis à la fenêtre, il regarda sans voir le premier jour blanchir sur Marseille. À tout bien y réfléchir, il n'avait jamais été aussi heureux qu'en ce moment précis. Il habitait dans l'une des plus belles villes du monde, puisque c'était elle qui l'avait accueilli après son départ forcé d'Italie. Il aimait et était aimé en retour par une femme avec qui il désirait plus que tout passer le reste de sa vie. La veille, il avait battu le Torino des fascistes… Et merde pour l'Internationale ! Et merde pour la guerre ! Et merde pour tous les pisse-froid qui ne supportaient pas le bonheur des autres, au seul prétexte qu'eux-mêmes étaient malheureux ! Lui, il était heureux. Un bonheur démesuré qui lui remplissait le corps entier et lui faisait tourner la tête… Il avait eu raison de jongler avec sa pièce de cinq sous. Guido pouvait tenir tous les discours qu'il voulait : le football allait lui ouvrir les portes du paradis. L'Olympique de Marseille avait déjà entre-bâillé cette porte. Il ne lui restait plus qu'à l'ouvrir en grand d'un joyeux coup d'épaule !

Dans le bout de miroir pendu au mur, Silvio s'adressa un regard de marlou, façon Jean Gabin. Pour Marcia, c'en serait bientôt fini d'aller aux dattes. Il lui achèterait des robes, des chaussures, et des bijoux aussi, de ceux qui brillent dans les grands magasins de la Canebière. À l'automne, ils se marieraient, feraient des enfants. Elle en voulait quatre. Lui, deux. Ils transigeraient à trois.

Silvio sentit dans la poche de ses pantalons la bosse que formaient les billets donnés après le match par Henry Raynaud, le président de l'OM. Ce matin, il allait s'offrir des chaussures en cuir. Mais du vrai cuir ! Pas des chaussures de la rue du Petit Puits. Celles-là, elles avaient plus de carton que de cuir. Et c'était interdit de sortir les jours de pluie, sans quoi on finissait irrémédiablement pieds nus ! Non, celles qu'il voulait, il les avait vues rue Fontaine-des-Vents, chez Colavolpe, un magasin chic. Elles étaient avec triple semelle, toutes noires, et elles fermaient avec des lacets torsadés. Il les mettrait cet après-midi, avec le beau costume et la cravate, pour aller chercher Marcia à l'embarcadère. Et aussitôt après, ils iraient tous les deux chez elle. Il la demanderait en mariage à madame Réal. Elle l'aimait bien. Maintenant, il avait des sous. Elle dirait oui.

Deux heures plus tard, alors qu'il allait pousser la porte de chez Colavolpe, deux hommes en pardessus noir et chapeau mou saisirent soudain Silvio aux épaules. Il n'eut pas le temps de se retourner. Avant qu'une douleur fulgurante ne vrille son crâne, juste sur l'occiput, il entendit dans son dos le vrombissement d'une voiture suivi du crissement des pneus sur les pavés.

Comme dans un songe, il sentit que les deux inconnus le soulevaient et qu'ils le jetaient sur la banquette arrière du véhicule.

Et ce fut tout.

Quand il reprit conscience, Silvio fut frappé tout d'abord par l'odeur de chloroforme qui lui piquait les yeux et se mélangeait aux senteurs âcres d'immondices. Avec peine, il ouvrit les yeux et ne distingua que des formes noires qui dansaient autour de lui. Il passa sa main sur son crâne douloureux et sentit dans son cou que le sang séché avait formé une croûte dure. À chaque instant, il lui semblait que son crâne allait voler en éclats. Soudain, il entendit un long mugissement de sirène et, sous ses pieds, il sentit le moteur du bateau se mettre en branle. La respiration régulière des turbines du vraquier le rassura un instant. Puis, une angoisse folle le saisit. Il était en partance.

Au prix d'efforts immenses, Silvio parvint à se lever et à marcher droit devant lui, ses pieds pataugeant dans ce qui lui sembla être un mélange d'eau et de paille. Au bout de six pas, ses mains heurtèrent alors des barreaux et il aperçut, dans le brouillard mouvant, un filet de lumière glissant sous la porte située devant sa cage. Dans un sursaut d'énergie, il eut la force de hurler, un cri qui couvrit les coups sourds des turbines qui allaient s'accélérant.

Un instant plus tard, cette porte en fer s'ouvrit et l'aveugla dans une débauche de lumière crue. Silvio aperçut la silhouette de deux hommes à chapeaux bondir sur lui. Le premier passa son bras entre deux barreaux et le maintint collé contre ceux-ci. Le second ouvrit le vantail de la cage avec une clé et sortit une longue matraque. Il frappa une seule fois.

Silvio sentit que son crâne s'ouvrait cette fois en deux. Un fruit mûr, écrasé d'un coup de talon vengeur.

Et il perdit une nouvelle fois connaissance.

Dans les trépidations du moteur qui faisaient vibrer toutes les tôles du cargo, Silvio vécut le plus effroyable voyage de toute sa jeune existence. La douleur au crâne, vive, continue, et une chaleur suffocante lui interdirent de bouger, de penser. Allongé sur le ventre, à même la paille et les souillures des bêtes qui l'avaient précédé, il ne put effectuer d'autres gestes que celui de laper, dans l'auge de bois disposée près de lui, une eau croupie et nauséabonde.

Quand le bateau toucha à quai, les deux hommes le tirèrent de sa cage et le poussèrent dans les coursives à coups de matraque entre les côtes et sur le dos. Dehors, la nuit était totale et le port, désert. Les deux hommes lui bandèrent les yeux sans ménagement, et un croc en jambes le fit trébucher et rouler de la passerelle jusque sur les pavés de l'embarcadère. Il fut jeté dans un camion cellulaire. La porte claqua derrière lui. Et le véhicule roula des heures sur une piste cabossée sans qu'il ne parvienne à comprendre ce qu'on lui voulait, ni pourquoi on l'avait séparé de Marcia et de Marseille, et encore moins ce qu'on lui reprochait.

Ces hommes n'étaient pas de la police. Ils ne faisaient pas non plus partie du milieu. Les méthodes des voyous étaient plus expéditives et se résumaient souvent à une balle de Beretta dans la nuque, quelque part dans la nuit des calanques de Sormiou ou de Cassis.

Qui, alors ?

Au petit matin, le camion stoppa enfin sa course. Par un interstice entre le grillage et la fenêtre, condamnée par une plaque de bois, Silvio put apercevoir le paysage. Une angoisse saisit alors tout son être. Partout où il put poser les yeux, il ne vit que du sable, à perte de vue. Des dunes interminables, écrasées par un soleil de plomb, sans la moindre trace de végétation.

Venu du plus profond de ses entrailles, un hurlement de terreur jaillit de la bouche de Silvio et illumina le désert.

Les deux hommes, lunettes à verres fumées sur le nez, le jetèrent sur le sol et le matraquèrent à nouveau méthodiquement. Les coups le criblèrent, de la tête aux pieds. Quand son corps fut enfin jeté dans une cellule aveugle, il n'était plus qu'une plaie noire et mauve, que le rouge vif du sang zébrait par endroits.

Il n'y eut pas de procès, pour Silvio Bianco. Pas de sortie. Pas de promenade. Pas de visite. Il resta enfermé dans sa prison, quelque part au milieu d'un désert, jusqu'en 1967. Durant ces trente ans, personne ne lui adressa la parole. Il était tenu au secret, pour une faute qu'il n'avait pas commise, puisqu'il en ignorait tout. De temps en temps, il entendait au loin des bruits de camions et des va et vient. Quelques ordres aboyés en arabe parvenaient jusqu'à lui. Et, régulièrement, des gémissements d'hommes et de femmes passés à la torture s'achevaient par une détonation sèche, définitive.

Au début, durant la nuit, il se mit à hurler comme les bêtes sauvages. Et les coups de matraque recommencèrent, à chaque fois plus nombreux, plus violents. Alors, il se mit à hurler en silence, dans son crâne, des heures entières. Et la matraque ne devint plus qu'une exception.

Quand on le conduisit sur un bateau, il ne posa aucune question. Ni où il était, ni où on l'emmenait, ni l'année, le mois ou le jour qui marquaient sa sortie. Il continua à vivre en robot. En animal dompté et cassé. La profonde cicatrice sur l'arrière de son crâne lui avait enseigné la leçon du silence. L'homme qui le conduisit sur ce cargo nommé le *Casamance* ne lui adressa que quelques mots, les premiers depuis une éternité :

" Tu es libre. Si tu veux, tu peux travailler sur ce bateau. Mais ne retourne jamais en Europe. Si tu le fais, on te ramène ici. Pour perpète, cette fois. "

Silvio avait accepté, tête basse. À bord du *Casamance*, il connut tous les ports du monde. Bombay, New York, Rio de Janeiro, Port-Saïd, Port-au-Prince, Bakou. Toujours aux machines, les pieds trempant dans le mazout. De temps à autre, au milieu des effluves de graisse noire et de mer, l'odeur du cou de Marcia lui revenait. Mais il la chassait de son esprit. Ils avaient tous les deux presque cinquante ans aujourd'hui. Il ne l'avait connue que deux nuits. Elle devait être avec un autre. Ou morte, peut-être. C'était loin, tout ça. Une éternité.

En 1979, le capitaine fit escale à Madagascar. Silvio Bianco quitta le cargo pour ne plus jamais y remettre les pieds. Il avait cinquante-neuf ans, en paraissait quinze de plus. À Antananarivo, il n'avait plus la force d'une bête de somme pour nourrir les entrailles du navire, mais il trouva tout de même à se louer, dans les champs, sur les marchés, dans les fermes.

Mais jamais, il ne dit un mot de son histoire, à qui que ce fût.

———

La subite disparition de Silvio ne fit l'objet d'aucune annonce dans les colonnes du *Petit Marseillais*. Sur le plan sportif, Silvio Bianco n'avait endossé qu'une seule fois la tunique bleue et blanche de l'Olympique de Marseille, et la saison était finie. Puis, pour les journalistes, d'autres événements, bien plus graves, se déroulaient en Europe.

La guerre était aux portes.

En France, Léon Blum, malgré son annonce d'une pause dans les réformes sociales, s'était attiré les foudres du Sénat et de Joseph Caillaux, qui lui refusait les pleins pouvoirs politiques. Il démissionna, laissant le Front populaire moribond. Au-delà des frontières, Hitler n'en faisait qu'à sa tête et préparait dans un grand fracas de déclarations guerrières la réunification des minorités allemandes de l'Europe centrale. Un mot aux consonances barbares, qui sonnait comme un serpent furieux, était sur toutes les lèvres : l'Anschluss. La Société des Nations perdait son latin, autant que son crédit, et à la une des journaux, les portraits de Franco et de Mussolini annonçaient l'extermination des anarchistes espagnols. Partout, on ne parlait que du match à venir : celui de la ligne Maginot contre la ligne Siegfried...

En revanche, le quartier du Panier connut un mois de juillet fiévreux et agité, suite à cette disparition inexplicable de Silvio. Carlo et Marco la fouine tentèrent, mais en vain, d'obtenir des renseignements auprès de tous les milieux interlopes de Marseille. Antoine, l'instituteur, fit le siège de la Police et des bureaux de la Mairie, rebondissant d'étage en étage, se prenant de bec avec les secrétaires comme les chefs de service, multipliant les lettres à l'attention du préfet comme du ministre de l'Intérieur.

Sans résultat.

Marcia, elle, pleura durant de longues semaines. Elle imagina tout ce qu'une fille de seize ans peut imaginer dans la folie de son malheur. Elle le vit mort, noyé, brûlé, étranglé, poignardé, criblé de balles dans une rixe. Tous les jours, elle faisait prendre des nouvelles dans les morgues et les hôpitaux. Puis, elle se mit en tête quelque chose de pire encore. Peut-être était-il parti ? Non pas à cause d'une autre, mais bien à cause d'elle. Parti, parce qu'elle n'était pas assez belle, assez intelligente, assez riche. Alors, elle se mit à détester la terre entière, à se haïr elle-même, et elle redoubla de larmes dans sa petite chambre.

Mais les larmes finissent toujours par s'arrêter, se tarir. Et Marcia revint peu à peu à la vie.

Tous les jours, Guido, devenu chef de cellule du Parti, passait prendre de ses nouvelles. Au début, elle refusa obstinément de le voir. Devant la porte de la chambre, Guido entassait alors des cadeaux et de petites attentions que son poste de contremaître lui permettait d'offrir. Des fleurs, des cigarettes américaines. Un bijou fantaisie. Un foulard. Des journaux espagnols aussi, qu'il se procurait dans un bar catalan qui lui servait de cantine à midi, à deux pas de l'huilerie.

Un jour enfin, Marcia sortit de sa chambre et accepta de le voir. En bonne douairière, la mère Réal resta dans le fond de la cuisine, sur la pile, à préparer des encornets pour les tapas du soir. Marcia et Guido parlèrent ensemble toute l'après-midi. Pas de Silvio, non. Ça aurait été comme de gratter une plaie pas encore refermée. Mais ils s'enflammèrent en abordant la politique internationale et les menaces de guerre qui se précisaient. Ils se revirent tous les soirs, dès que Guido quittait son travail, pour prendre position avec ferveur sur les événements qui ébranlaient le monde, ne s'arrêtant que pour allumer cigarette sur cigarette. À bientôt dix-sept ans, on se ferait volontiers tuer pour sauver la paix et le communisme triomphant. On tuerait soi-même pour préserver la liberté et arracher les fascistes de la terre d'Espagne.

C'est ce que fit Marcia.

Un matin, après une nuit de cauchemars où elle se vit étriper en passionaria des soldats franquistes pour venger la mort de son père, elle descendit à la cuisine et but son bol de café en silence. Puis, elle se tourna vers sa mère et lui dit posément :

" Maman, tout à l'heure je vais rejoindre les camarades espagnols du Front Populaire.

À ces mots, sa mère entra dans une rage folle. Elle hurla, cassa toute la vaisselle, se déchira les habits, implora Dieu, s'arracha les cheveux à pleines poignées, invoqua le diable, insulta Jésus, menaça sa fille d'un couteau avant de le retourner contre elle, geignit, vitupéra, tomba à genoux pour prier, se frappa la tête contre les murs, jusqu'à ce que Carlo, le patron du bar le Charlot accouru en toute hâte, l'endormît d'une gifle retentissante. Quand elle se réveilla, Marcia avait déjà quitté Marseille, bien décidée à oublier le théâtre de ses amours mortes.

―――――

Marcia revint à Marseille avec les premiers jours d'octobre de cette année 1937. Il faisait un froid à fendre les pierres et de lourds nuages d'un gris anthracite roulaient leurs larmes dans le ciel. Le visage dissimulé par le capuchon de son manteau, elle traversa le Panier, hésita un instant devant l'entrée de l'immeuble, puis finit par monter au troisième. D'une main fébrile, elle tapa à la porte.

Ce fut un Portugais d'une trentaine d'années qui lui ouvrit, la fourchette à la main, une serviette mouchetée de sauce tomate autour du cou. Dans les hurlements des gamins qui se disputaient autour de la table la dernière part d'un gâteau, il lui expliqua dans un français approximatif que madame Réal n'habitait plus ici. Tout ce qu'il savait, c'est qu'elle avait été internée à l'hôpital, chez les fous. Et peut-être bien qu'elle y était encore. Il n'en savait pas plus.

En apprenant la nouvelle, Marcia sentit le monde s'ouvrir sous ses pieds. C'en était trop. La disparition de Silvio. La guerre d'Espagne et son cortège de malheurs au goût de sang. Les premiers vomissements, un soir, dans une auberge de la plaine catalane. Et le docteur qui sourit en rangeant son stéthoscope dans sa mallette de cuir noir. Ce n'est rien. Elle est enceinte. Juste, enceinte. Marcia porte en elle un bout de chair, un bout d'amour de Silvio, le seul homme qu'elle ait jamais aimé et qui s'est évaporé dans le néant, un jour de juin 1937.

Lorsqu'elle s'éveilla, dans le bar de Carlo, elle entendit le médecin qui faisait les mêmes gestes et prononçait les mêmes mots que son confrère espagnol. Ce n'est rien. Elle est enceinte. Juste, enceinte. Mais le plus dur, ce sera de lui apprendre la mort de sa mère, à l'hôpital. Saleté de vie...

Alors, Marcia planta ses ongles dans la moleskine rouge de la banquette où on l'avait allongée. Et elle pleura, comme au temps où les jours s'allongeaient, interminables, dans sa chambre aux volets clos, et où aucune nouvelle de Silvio ne venait la rassurer.

Ce fut en décembre 1937 que Marcia se remit à rire pour la première fois. Elle avait pris un petit appartement, non loin de la rue Thubaneau, et croisait tous les jours les vieilles putains qui faisaient de la retape à grand renfort de cris et d'obscénités dès qu'un mâle approchait. À chaque fois qu'elle croisait leurs yeux trop fardés, les paroles de sa mère lui revenaient en tête. Fille mère. Fille des rues. C'est du pareil au même.

Alors, Marcia hâtait le pas et se jurait de ne jamais finir dans le caniveau. Jamais. Quel qu'en fût le prix. Dût-elle voler. Tuer. Mais ne jamais finir putain. Jamais.

Un matin, un homme d'une quarantaine d'années, en chapeau et pardessus de cuir doublé de fourrure, fit une véritable razzia sur son stand en plein air, où elle vendait des santons et des *taraïettes* (4). Il lui acheta toute sa marchandise et l'invita à déjeuner puisque, dit-il, elle n'avait plus rien à vendre et était donc libre.

Le rire de Marcia éclata sur la Plaine, et elle suivit l'homme.

C'était un charcutier en gros dont les affaires, depuis que la guerre menaçait d'éclater chaque jour un peu plus, tournaient à plein régime. Il s'appelait Marcelo Faustino. Il n'était ni laid ni beau, affirmait se foutre de la politique comme de sa première chemise, n'avait jamais eu d'enfants avec son épouse, qu'une mauvaise grippe avait emportée. Il ne fut pas regardant sur le ventre à peine rebondi de Marcia et

---

(4) Petits ustensiles de cuisine en terre cuite que les enfants utilisent lorsqu'ils jouent à la dînette.

l'emporta avec lui, à bord de sa six-cylindres, vivre dans la grande propriété familiale de Montélimar. Pour raison de convenances, le mariage eut lieu en comité très restreint et, avant de s'en rendre compte, Marcia Réal était devenue madame Marcelo Faustino, charcutier en gros.

En mars 1938, le couple eut droit à une double naissance. Non seulement Marcia mit au monde un splendide bébé aux joues bien rebondies et à l'épaisse tignasse noire, mais en plus Marcelo reçut le même jour l'autorisation du ministère de franciser son nom. Il ne s'appellerait plus désormais Marcelo Fausto, mais bien Marcel Faust. Quant au petit, il fut prénommé Joseph, en hommage au père de Marcel qui avait, le premier, franchi les Alpes à pied pour s'installer en France.

À partir de la fin de cette année 1938, le rire de Marcia s'éteignit à nouveau. Maintenant notable, elle apprit les rudiments de la comptabilité et, pour oublier les rumeurs de cette guerre toujours plus imminente, elle prit progressivement en mains les comptes de la société de son mari qu'elle s'évertua à faire grandir et prospérer. Dans ce travail de forcenée, Marcia se découvrit un tempérament de dirigeante, zélée, vigilante, un œil sur le tiroir-caisse et l'autre sur la centaine d'employés qu'elle menait à la baguette. En quelques mois, elle se métamorphosa. Tout d'abord, elle rassembla ses longs cheveux noirs en un chignon strict, et ne laissa plus jamais le vent et la brise jouer avec ses robes. Le tissu à imprimés céda la place à de lourdes jupes de coton, de velours ou de laine.

Le Panier était loin. Le passé, enterré.

Quant à son mari, il ne sut jamais s'il avait fait une bonne affaire en épousant la petite marchande de santons du cours Julien. Mais, dans cette période floue de l'Histoire, peu lui importait. Pour lui, l'essentiel était fait : sa descendance était assurée.

Marcel Faust était un bon terrien et, comme il n'était pas regardant sur la couleur de l'argent, il comprit très vite où se situait son intérêt dans la montée de l'extrême droite européenne. Pour faciliter ses affaires, il devint en novembre 1938 responsable départemental, puis régional, du Parti social français, anciennement connu sous l'appellation des Croix de Feu. On fit courir sur Marcel Faust les rumeurs les plus diverses. Qu'il recueillait depuis des années des fonds secrets, issus d'Espagne, d'Allemagne et d'Italie, afin de favoriser l'émergence d'un parti extrême en France. Qu'il était membre actif de la Cagoule, cette armée de l'ombre qui assassinait régulièrement les hommes politiques et les intellectuels de gauche. Qu'il avait organisé une milice privée pour casser les grandes grèves de 1938 et 1939 sur le pavé parisien. Que sa fortune, déjà considérable, grandissait de façon colossale grâce à la confiscation des biens juifs, dès 1940, et à l'acquisition frauduleuse de dizaines d'immeubles dans toute la France.

Il mena bien sa barque. Il la mena tant et si bien que, grisé par son nouveau pouvoir et les fonds qu'il récoltait, il rentra de plus en plus rarement à Montélimar. On ne démêla jamais le vrai du faux car, en juin 1943, il mourut dans l'incendie, sans doute accidentel, de sa garçonnière parisienne où il entreposait tous ses papiers les plus secrets. Au sortir de la guerre, le nom de Faust ne fut jamais inquiété par la Résistance et Marcia se retrouva seule, immensément riche.

Joseph, lui, grandit dans un cocon doré. De tempérament d'abord indolent, il devint rapidement un jeune homme pataud, plutôt peu enclin au moindre effort. Marcia eut beau chercher : aucun trait, ni physique ni de caractère, ne le rattachait à son père de chair, Silvio. À l'inverse de son géniteur, il haïssait le football, qu'il considérait comme un sport fatiguant et inutile, à l'usage d'un peuple faible d'esprit qui ne demandait que le bâton pour se faire battre. Il ne possédait pas non plus la grâce naturelle et élastique, les muscles effilés, l'œil gouailleur, la désinvolture et la naïveté de Silvio.

En grandissant, après des études moyennes menées à Paris en faculté d'architecture, Joseph fut enfin en âge de voler de ses propres ailes. Il tenta tout d'abord de prendre aux côtés de sa mère les commandes de la charcuterie en gros familiale. Mais, chaque matin, il ne se rendait aux entrepôts qu'avec la nausée à la gorge, un dégoût profond d'avoir à s'abaisser au négoce de la viande morte avec des paysans rougeauds et, pensait-il, indignes de son rang. Paris avait fait germer en lui des rêves de grandeur que la crépine, le saucisson de Lyon et le cervelas, même en gros, ne pouvaient exaucer.

À partir de cette époque, Joseph se mit à jouer au dandy, entretenant des poules parisiennes, choisissant ses costumes avec un soin méticuleux, achetant et revendant aussitôt après les plus beaux fleurons de l'industrie automobile. Il devint un oisif grasseyant qui n'obéissait qu'à ses pulsions.

Le jour de ses vingt-quatre ans, en 1962, Joseph fut mis sur un coup immobilier, à Marseille, qui pouvait s'avérer juteux. C'étaient les anciens amis de son père qui, en quelque sorte, l'initièrent. Ils avaient tous une dette, d'honneur ou d'argent, avec Marcel Faust. Ces gens-là avaient pignon sur rue, même s'ils frayaient dans des milieux interlopes où politique, mafia et corruption allaient de pair, sur fond de guerres coloniales. Joseph leur fit confiance. Il engagea une partie de la fortune aux origines douteuses que son père avait pu amasser.

Pour un coup d'essai, ce fut un coup de maître. L'îlot d'immeubles, sur l'avenue de la République, acquit en quelques mois une plus-value exceptionnelle. L'année d'après, il réitéra la manœuvre avec le port de la Joliette. Puis, il continua dans tout Marseille, d'Arenc au Roucas Blanc, et du Panier jusqu'à Saint-Jean-du-Désert et à la Pointe-Rouge.

À trente-quatre ans, en 1972, Joseph avait du même coup blanchi son héritage et, poussé par ces mêmes amis, faisait son entrée en politique dans un parti d'extrême droite à l'avenir prometteur.

Marcia, la douce Marcia, travailla encore douze ans, jusqu'en 1984, pour combler le vide de sa vie. À soixante-quatre ans, elle se résigna à rejoindre son fils à Marseille, où elle vécut au rez-de-chaussée d'un hôtel particulier situé au Prado et dont il occupait, avec sa femme et son jeune fils Alexandre, les deux étages supérieurs.

Tous les lundis, jour où Silvio disparut de son existence, elle se rendit au Panier, dans la petite rue de la Cathédrale…

Chapitre 9
(Marseille – 2002)

Par la grande rue d'Endoume, Boildieu tira en direction du Vallon des Auffes sous le premier soleil de la matinée. Il avait donné rendez-vous à Picchione sur la corniche Kennedy, au bar des Flots bleus. Le réalisateur de France 3 Provence avait des informations. L'endroit serait idéal pour parler de cette affaire Marlin en parfaite tranquillité. Là, juste sous le portrait géant de Zineddine Zidane, la terrasse en surplomb n'était guère fréquentée à cause de la circulation infernale et ils pourraient parler tout leur saoul sans gêneurs. De plus, s'ils se tournaient face à la mer, ils embrasseraient d'un seul regard les îles des Rochers des Pendus, l'anse de Malmousque et jusqu'au petit port du vallon des Auffes.

Il était dix heures tout juste lorsque Boildieu, toujours exact à ses rendez-vous, commanda un double café allongé et un cappuccino, simple histoire de laver les restes du pastis de la veille. La Valandré l'avait appelé, dès le saut du lit, et avait aboyé ses invectives, désormais routinières pour le journaliste de l'agence Zelda. Elle ne les payait pas à rien faire. Elle voulait des résultats, et pour tout de suite encore ! Ça faisait déjà cinq jours qu'ils étaient à Marseille, à ses frais, et elle n'avait encore rien reçu. De qui se moquaient-ils ? Elle attendait des…

Boildieu lui avait raccroché au nez. Il avait besoin de toute son attention pour démêler cette bobine d'interrogations dont les racines plongeaient dans un passé trouble. Pax Italia, les sigles et les chiffres du livre de comptes, le texto mystérieux, les laboratoires Marlin avec le mystérieux François Pinatel. La Valandré ne les laisserait plus longtemps enquêter sur cette affaire, somme toute largement extra-sportive. Pour accélérer les choses, il avait donc laissé le Che à la villa Lucette pianoter sur son ordinateur portable. Lui seul savait naviguer dans les méandres du net et ce serait bien le diable si le petit Basque ne dénichait pas quelque chose. Boildieu, pour sa part, préférait, et de loin, les investigations se situant dans le monde du réel, avec des êtres de chair de d'os.

D'ailleurs, à cet instant, Picchione arriva par le côté est de la corniche. Il contourna le terre-plein et gara son gigantesque 4 x 4 en épi, dans un épais nuage de gaz d'échappement. Après une accolade rapide, les deux hommes ne se laissèrent pas distraire par le paysage des barques rentrant du large, pas plus que par celui des plaisanciers s'apprêtant à explorer les calanques, dont les anses déchirent la côte jusqu'à Cassis et au-delà. Picchione était sur les charbons ardents. Avant même de commander un Vittel fraise, il commença à parler :

" En deux mots, voilà l'histoire. J'ai un peu cuisiné mon cousin, et il a accepté de me tuyauter…

– Comment t'y es-tu pris ?

– Simple. Je l'ai menacé de faire courir le bruit que c'était lui, le propriétaire du chien Saucisse. Et, vu son poste chez les condés, ça pourrait faire tâche pour la suite de sa carrière…

Sous l'œil suspicieux de Boildieu, Picchione sourit et rectifia avec un regard entendu :

" Non, je déconne… En fait, je lui ai juste demandé, de la bonne manière. Et il m'a balancé tout ce qu'il savait. Les laboratoires Marlin ont été créés en 1974, par un consortium de sociétés internationales.

– Et alors ?

– J'y viens. Parmi elles figure une société dénommée la JFL…

L'œil de Boildieu s'illumina soudain :

" La JFL… Comme Joseph Faust ?

– Tout juste, Auguste ! La Joseph Faust Laboratories…

Le garçon, un bon gaillard à la démarche lente et aux yeux tombants, vint prendre la commande du Vittel fraise et fit demi-tour lorsqu'il comprit que ces deux clients n'étaient pas du genre causant. Du moins pas avec lui, et pas à cet instant précis.

Dès qu'il eut tourné les talons, Boildieu relança aussitôt Picchione :

" Et les autres sociétés du consortium ?

– D'après mon cousin Scotto, c'est là que le bât blesse...

– Pourquoi ?

– Certaines sont tout ce qu'il y a de propre. Mais pour d'autres, ça sent un peu le pâté...

– De quel genre ?

Picchione sortit alors une feuille de papier pliée en quatre de la poche de sa veste, l'ouvrit et relut ses notes rapidement avant de poursuivre :

" Certaines ont une sale couleur vert-de-gris. Et leurs dirigeants sont connus, à tort ou à raison, pour leur sympathie avec des mouvements pro-fascistes européens...

– Ce n'est pas encore, hélas, interdit par la loi d'être fasciste !

Alors qu'il allait répliquer, Picchione dégaina son portable qui venait de se mettre à jouer la belle mélodie de *Bandiera Rossa*, un air bienvenu puisqu'il est à l'Italie ce que le *Chant des partisans* est à la France. La discussion dura quelques minutes, le temps à Boildieu d'apprécier en fin gourmet des baigneuses vêtues de peu se rendant à la plage. Cambrées, les cheveux tirés en arrière avec de l'huile de monoï, elles marchaient avec le port altier de reines dédaigneuses, conscientes de la puissance de leur séduction.

Quand le clapet du portable coupa la communication, Picchione sourit :

" Il est fort, ton copain…

– Qui ça, le Che ?

– Oui. Et pas qu'un peu, encore ! Avec Internet et l'autre espèce d'Indien de cent deux ans que j'ai vu chez toi, hier soir, il est arrivé aux mêmes informations que moi.

– C'est-à-dire ?

– La Pax Italia était une société de propagande fondée par les fascistes pour promouvoir officiellement l'image de Mussolini en Italie. Mais elle avait aussi un rôle moins connu…

Boildieu s'alluma une cigarette et devança son ami :

" Ça, on le sait. Elle était chargée de financer la presse européenne afin de favoriser l'émergence de l'extrême droite dans des pays comme la France.

– Pas seulement. La Pax Italia était bien un pourvoyeur de fonds. Mais c'était aussi une énorme machine à faire de l'argent et à financer en sous-main des sociétés triées sur le volet. J'ai travaillé toute la nuit sur cette liste de 1936. Et certaines initiales ont été faciles à décrypter. La JSP, pour *Je suis partout*, un journal situé encore plus à droite qu'à droite. G, pour *Gringoire*, pareil mais en pire. LC pour La Cagoule, etc.

– Quel rapport y a-t-il entre cette liste et les laboratoires Marlin ?

Picchione plissa les paupières et se pencha avec un air de conspirateur sur Boildieu :

" C'est le Che qui vient de me le dire. Parmi toutes les initiales sur la liste de 1936, il y en a une sur laquelle j'ai buté. La MFL. Votre Indien du dimanche a fait remarquer au Che qu'il pouvait y avoir un lien entre la MFL et la JFL.

Le journaliste de l'agence Zelda fronça les sourcils :

" Mais qu'est-ce qui lui a pris de faire un lien avec la JFL ?

– N'oublie pas que la JFL est connue dans le coin. C'est l'un des sponsors de l'OM !

– C'est exact…

– Et Joseph Faust a même été élu l'an dernier meilleur entrepreneur de l'année. Quoi qu'il en soit, le Che a lancé aussitôt une recherche sur Google.

– Et alors ?

– Rien… En revanche, il a tapé comme objet : Faust. Puis, Fausto. Et là…

Picchione croisa ses bras sur sa poitrine et ménagea quelques secondes de suspense supplémentaire. Puis, il se pencha à nouveau vers Boildieu, et murmura :

" La MFL a bel et bien existé. Elle a été montée en 1935, et ses initiales signifient : la Marcelo Fausto Laboratori…

Le vieux journaliste haussa des sourcils incrédules :

" Tu veux dire que ce serait…

– Oui ! Marcelo Fausto a fait franciser son nom à la naissance de son fils Joseph. Et ce Marcelo, officiellement patron d'une charcuterie en gros du côté de Montélimar, a été le bénéficiaire de fonds fascistes distribués par la Pax Italia. Quant à son fils Joseph, il est l'un des actionnaires majoritaires des laboratoires Marlin...

Boildieu se frappa le front du plat de la main :

" Mais alors, ça signifie que les laboratoires Marlin, sponsor officiel de l'OM, ont été créés avec de l'argent du Duce et de ses chemises noires...

– Parfaitement ! Les fascistes ont gavé d'argent la Marcelo Fausto Laboratori, qui est ensuite devenu la Joseph Faust ! Et c'est ce qui explique le texto avec les mains sales, l'Histoire qui doit les laver, et tout le tremblement.

– Et le dénommé Joseph Faust ?

– Quand le Che a appelé, il était dessus. D'après ses premières pistes, il semblerait que le père ait déteint sur le fils. Quand j'avais enquêté sur lui, Internet n'existait pas et je n'avais rien su de tout ça. Mais là, certains sites libertaires lui prêtent des amitiés louches avec des factions à la limite de la légalité. Ici, mais aussi en Italie et en Allemagne. Sans parler de l'Autriche et des Pays-Bas...

Sur le mur, le visage géant de Zineddine Zidane prit une autre expression. Zizou, un vrai Marseillais puisque venu d'ailleurs, avait le regard plus triste que d'habitude. L'argent fasciste régnait sur l'un des plus gros laboratoires mondiaux et, par conséquent, s'affichait sur le maillot bleu et blanc de l'Olympique de Marseille.

Une honte…

Comme dans un songe, Boildieu demanda encore :

" Et la famille Faust, ou Fausto, n'a jamais été inquiétée ?

– Le Che m'a dit que non. Mais tu sais, pendant la guerre et même après, il y a eu pas mal de monde qui s'en est sorti sans trop d'embrouilles. On préfère souvent laisser l'Histoire en paix, pour ne pas effrayer le bon peuple…

Et c'était vrai. À Montélimar comme à Paris. Comme à Marseille. Des salauds, des profiteurs de guerre, il y en avait toujours eu, et partout. Boildieu sentit son cerveau tourner comme un cheval sur un carrousel de fête foraine. Mille et une questions lui brûlaient les lèvres. Mais, avant qu'il ait pu poser la première, le portable de Picchione sonna une nouvelle fois. Il décrocha avec un rien d'agacement et, soudain, son visage vira au blanc. Il écouta son interlocuteur, sans prononcer la moindre parole. Puis, il raccrocha, encore plus livide que l'instant d'avant.

Boildieu lui toucha l'épaule :

" Dis ? Ça ne va pas ?

– Si…

– Qui était-ce ?

– Mon cousin. Il est à l'Évêché. On vient de l'appeler. Pinatel a été retrouvé mort, dans son bureau des laboratoires Marlin…

– Un suicide ?

– Non. Deux balles dans la poitrine…

Toute cette histoire tournait vraiment vinaigre. Le Che et Boildieu étaient loin maintenant des reportages à l'huile d'olive et au pistou, sur fond de cigales en terre cuite, ces marronniers incessants qu'attendait désespérément la Valandré. Les laboratoires pharmaceutiques trempaient dans le fascisme. Pinatel, le fondé de pouvoir de ces mêmes laboratoires s'était fait dézinguer à la violente de deux coups de sulfateuse version gros calibre.

Et tout laissait à penser que ces rebondissements étaient loin d'être terminés.

Celui qui était derrière tout ce micmac devait avoir de sacrées raisons pour déclencher un cataclysme pareil.

Au point où ils en étaient, il ne leur restait plus qu'une chose à faire : se rendre du côté de chez Joseph Faust, dans son hôtel particulier du Prado.

S'il existait une clé à tout ça, c'était bien par là qu'elle devait se trouver…

CHAPITRE 10
(Marseille – 2002)

Joseph Faust habitait le Prado, non loin du boulevard de Tunis, ce qui, pour un leader d'extrême droite, portait à sourire bon nombre de Marseillaises et de Marseillais. Lorsque Boildieu, le Che et Picchione parvinrent devant l'imposant hôtel particulier, les grilles étaient ouvertes et une Mercedes très grand style était sur le point d'en sortir. D'un coup de volant, Picchione se rangea devant l'entrée, bloquant ainsi le passage et déclenchant une tempête de coups de klaxons chez le conducteur. Celui-ci sortit à moitié de son véhicule et se mit aussitôt à hurler sur un ton excédé :

" Vous ne pouvez pas rester ici ! C'est une propriété privée !

L'homme était vêtu de façon très élégante, avec un costume noir en tissu léger, une cravate discrète et une chemise en soie, noire elle aussi, aux plis impeccables. Une oreillette trahissait sa fonction de garde du corps. Il avait environ quarante ans, les cheveux châtains coupés en brosse, et il dissimulait son regard sous des lunettes fumées à monture d'acier.

" Voilà le casse-couilles de service, marmonna Picchione. Che, tu veux bien t'en charger ?

Le photographe fronça les sourcils :

" Gentiment ?

– Comme tu le sens… Mets ce qu'il faut pour qu'il arrête d'aboyer deux minutes.

– J'y vais…

Le Basque sortit du 4 x 4 et tenta de parlementer. Rien à faire. Le roquet, que la chaleur de cette fin de journée avait fait virer au rouge et à la sueur, ne décolérait pas :

" Bougez-moi votre voiture, et en vitesse !

– On va le faire, répondit le Che en souriant. Mais avant, on veut voir monsieur Faust.

– Dégagez, je vous dis ! Monsieur Faust ne reçoit que sur rendez-vous !

– On n'en a pas pour longtemps…

– Barrez-vous ou j'appelle la Police !

Sur cette dernière réplique, le garde du corps sortit complètement de la voiture et vint pousser vigoureusement le Che à la poitrine. Celui-ci ne bougea pas d'un centimètre. En revanche, ses yeux devinrent encore plus noirs que d'ordinaire, et il murmura :

" Pas les mains…

L'homme esquissa un sourire de mépris et enleva ses lunettes. Ses yeux vert d'eau fixèrent le photographe comme s'il se fût agi d'un gamin sans défense. Puis, ses lèvres fines crachèrent :

" Tire-toi d'ici, connard de nain…

Il est des choses qu'il vaut mieux ne pas dire à un Basque. Surtout, lorsque celui-ci a tendance à prendre la mouche dès que l'on effleure le délicat sujet de sa taille. Le Che bondit alors en avant. Comme un chien, il s'accrocha aux épaules du garde du corps et lui asséna un coup de tête d'une violence inouïe. Sous l'impact, le nez et les lèvres éclatèrent dans un sale craquement d'os brisé et de chair fendue. L'homme tomba à genoux, l'oreillette pendante sur son épaule. Un flot de sang se mit à couler sur son menton, dans son cou. La chemise en soie devint encore plus noire au fur et à mesure que le sang dégouttait.

En poids mort, l'homme s'abattit, face contre terre. Et il ne bougea plus.

Boildieu avait un mépris viscéral pour la violence, quelles qu'en fussent les raisons. Mais, sur le coup, il dut s'avouer qu'un bon coup de tête accélérait bien souvent les choses. Il sortit de la voiture, enjamba le corps inerte avec un rien de dégoût et, suivi d'un Picchione qui se félicitait d'avoir demandé au Che une intervention légère, tapa trois petits coups sur la vitre fumée de la portière arrière. La glace descendit avec un léger chuintement électrique, et Joseph Faust apparut.

Le grand patron des laboratoires Marlin avait, paradoxalement, et compte tenu de ses activités industrielles et politiques, une tête plutôt sympathique. Rond sans être joufflu, le menton glabre légèrement avancé, ses yeux luisaient d'une intelligence fine et trahissaient sa grande vivacité d'esprit. À soixante-quatre ans, quelques tâches de tavelure tatouaient ses mains et son crâne dégarni, mais son élégance était irréprochable, et il dégageait une cordialité immédiate. Pour un peu, on aurait presque mis son bulletin de vote dans l'urne.

Sans cérémonie, Boildieu lâcha :

" Francis Boildieu, journaliste à l'agence de…

– Je sais, coupa froidement Joseph Faust, que la démolition de son garde du corps n'avait visiblement pas troublé pour un sou. Pinatel m'a parlé de votre visite d'avant-hier. Que me voulez-vous ?

– Vous poser quelques questions.

– Je n'ai pas le temps. Ce soir, mon fils Alexandre fait ses débuts avec l'OM. Et il est hors de question que…

Cette fois-ci, ce fut le Che qui le coupa avec la même autorité que celle qu'il avait mise à asséner son coup de tête :

" Vous sortez de votre voiture tout seul, ou vous voulez que je m'en charge ?

Joseph Faust maugréa quelques onomatopées dans son col de chemise et se décida enfin à sortir. Pendant qu'il regagnait le perron, encadré par Boildieu et Picchione, le Che retourna s'occuper du gardien. Avec la sangle de son sac à dos, il lui lia solidement les mains derrière le dos et le poussa du pied sur le gazon tout proche. Puis, à l'aide d'une corde trouvée à l'arrière du 4 x 4, il noua les deux pieds ensemble, au niveau des chevilles, et ficela le tout à un arbre. Un bout de scotch d'emballage sur ce qu'il restait de bouche, et le tour fut joué.

Quand ce lascar émergerait, il y avait des chances pour qu'il ne soit pas de très bonne humeur. Et le Che ne se sentait pas d'attaque pour un nouveau coup de tête.

Il ne faut jamais trop abuser des bonnes choses…

———

L'hôtel particulier de Joseph Faust était meublé avec un goût remarquable. Dans le hall d'entrée, des tableaux et des esquisses de maîtres, choisis avec soin, ponctuaient par leur présence les hauts murs teintés à la cire d'un jaune rougeoyant. Sur des colonnes, des bustes de marbre rythmaient l'espace, et des meubles anciens, patinés par le temps et de généreuses doses d'encaustique, conféraient au lieu une force portant au respect et au silence recueilli.

Joseph Faust avança à pas rapides jusqu'au coin salon où quatre fauteuils anglais en cuir généreux, dans les verts sombres, entouraient une table basse en fer forgé. Avec un énervement bien visible, il s'assit et grinça :

" Alors ? Qu'est-ce qui me vaut ces méthodes de voyou ?

Toujours debout, Picchione tenta de tempérer le ton que prenait la discussion :

" Ne vous méprenez pas, monsieur Faust. Nous n'agissons ainsi que parce que le…

Le grand patron des laboratoires Marlin fit claquer la paume de sa main sur l'accoudoir :

" Vous aussi, je vous connais ! J'ai un dossier sur vous ! Vous avez déjà tenté de mettre votre nez dans mes affaires. Et vous avez fait chou blanc !

– Exact. Personne n'a voulu témoigner sur cette histoire de vaccins contre l'hépatite B.

– Et personne n'a témoigné parce qu'il n'y avait rien à dire !

– Je dirais plutôt que vous avez mis la pression. Et que tout le monde s'est couché…

Avec un regard orgueilleux, Joseph Faust toisa les deux hommes :

" Vous ne savez pas qui je suis ! Toute cette histoire va vous coûter très cher ! Je dispose de moyens et d'arguments que vous ne soupçonnez même pas !

– Et nous, d'informations qui pourraient se révéler très gênantes…

– Nous y voilà !

Le vieil homme se leva de son fauteuil et se mit à arpenter la pièce, de long en large. Au bout de quelques instants, il se planta devant les deux journalistes et demanda sèchement :

" Combien ?

Boildieu se racla la gorge, et interrogea à son tour :
" Mais combien de quoi ?

– Combien voulez-vous pour les soi-disant informations que vous auriez sur moi ?

– Je pense que nous ne nous sommes pas bien compris...

– Au contraire ! Je connais la race des journalistes, messieurs ! Et je connais aussi une loi qui est immuable dans le bon fonctionnement du monde : tout s'achète ! Alors, dites-moi ce que vous savez, quel est votre prix, et restons-en là !

Boildieu, un pur devant l'Éternel dès lors qu'il s'agissait de sa déontologie de journaliste, blêmit. D'une voix tremblante d'indignation, il répliqua :

" Nous ne sommes pas à vendre, monsieur Faust ! Nous sommes simplement venus ici pour vous demander des explications !

– Mais quelles explications ?

– Selon des sources bien informées, nous savons que de l'argent fasciste, récolté par votre père, a servi à la création des laboratoires Marlin ! Et avant de faire éclater cette affaire au grand jour, nous sommes venus entendre votre défense !

Subitement, l'ambiance devint surréaliste. La colère avait fait se dresser Boildieu sur la pointe des pieds. Picchione fronçait les sourcils en signe d'écœurement. Et Joseph Faust, lui, resta tout d'abord interdit. Puis, il partit soudain d'un rire tonitruant qui lui secoua tout le corps et résonna longuement sous les hauts plafonds. Les deux journalistes se regardèrent, perplexes, et observèrent à nouveau leur hôte. Maintenant, celui-ci pleurait littéralement de rire, appuyé à un bureau du XIXᵉ siècle. Il sortit sa pochette de soie et s'essuya les yeux à plusieurs reprises. Quand il eut repris son souffle et dompté cette hilarité qui semblait inextinguible, il lâcha enfin :

" Messieurs ! Vous êtes... Vous êtes impayables ! Si vous pouviez voir vos têtes ! "

Picchione et Boildieu se dévisagèrent à nouveau pendant que Joseph Faust achevait de sécher ses larmes. Sur ce, le Che fit son apparition dans l'immense pièce :

" C'est quoi, ce bordel ? "

Le grand patron des laboratoires Marlin, tout en rangeant sa pochette, répondit au Basque sur un ton où se mêlaient la moquerie et la colère :

" Mon petit jeune homme, il y a que vos amis ont voulu m'extorquer de l'argent pour dévoiler une information qui fait ma fierté !

– Je suis pas petit, grinça le Basque.

Avec de grands gestes véhéments de tribun romain, il poursuivit :

" Et oui ! Ma fortune vient de la grande Italie fasciste et de ses frères des années trente ! Et je vous le confirme haut et fort ! Avec fierté, messieurs ! "

Picchione sortit de son mutisme, et demanda sur un ton dubitatif :

" Et devant ma caméra, vous le diriez aussi ?

Joseph Faust gomma instantanément le peu de sourire qui était encore sur son visage :

" Ne soyez pas idiot ! Les gens ne comprendraient pas, il est encore un peu trop tôt. Et la médiocratie des politiques et des médias se débrouillerait pour me faire passer pour un vulgaire voleur…

– Un voleur que vous êtes ! s'emporta Boildieu.

– Que je suis, que mon père n'était pas dans son temps. Et que je ne serai plus demain ! Car tout est une affaire de points de vue. Regardez : la gabelle, la taille, et même le droit de cuissage étaient considérés par les rois, les nobles et les chevaliers comme des actes tout à fait légaux, au Moyen Âge. Et aujourd'hui ? On parlerait plutôt d'esclavagisme et de viol !

– Il commence à me les chauffer avec ses chevaliers… maugréa le Che.

Joseph Faust balaya la remarque d'un revers de main agacé, et reprit :

" Tout est affaire de points de vue, je vous dis ! Mon père était un héros pour la France pétainiste. Et ce serait devenu un salaud s'il n'était pas mort avant l'arrivée des alliés… Et pour moi, ce sera pareil !

– Vous êtes fou, lâcha Boildieu.

– Oh que non ! Je suis un visionnaire, bien au contraire ! Regardez le vent de l'Histoire. Il est en train de tourner… Aujourd'hui, l'Italie, l'Autriche et les Pays-Bas. Les forces nationales triomphent un peu partout en Europe. Les mouches changent d'ânes, messieurs. Et c'est pour cette raison que votre affaire ne vaut rien. Les hommes politiques virent à droite toute ! Et avec ce que je sais sur eux, j'obtiendrai sans aucun souci un nouveau non-lieu.

Les yeux écarquillés par sa propre folie, Joseph Faust poursuivit de plus belle sa grande envolée lyrique :

" Voilà toute l'histoire de l'humanité : la répétition des cycles… D'ici peu, les vraies valeurs du national-socialisme reprendront le pouvoir. La supériorité des races triomphera à nouveau. Un ordre neuf s'établira, et j'en serai l'un des rouages principaux. Grâce à moi, plus de soixante années d'infamie et de communisme seront gommées ! Grâce à moi, un monde nouveau sera instauré ! Grâce à moi, les véritables…

La voix sèche d'Adrien, l'Indien blanc, venait de trancher net dans les délires politico-historiques de Joseph Faust. Les quatre hommes se retournèrent dans un bel ensemble et le virent approcher vers eux, dans le contre-jour sanglant du crépuscule, boitant toujours aussi bas.

Et c'est à cet instant précis que, dans la tête de Boildieu, tous les morceaux du puzzle s'assemblèrent…

Dans le grand hôtel particulier du Prado, le silence s'était installé. Picchione ouvrait de grands yeux éberlués à la vue de cet Indien d'un nouveau genre, à la longue chevelure blanche et au costume de cuir frangé. Le Che, lui, s'interrogeait avec perplexité. Bien sûr, Adrien lui avait donné un coup de pouce énorme dans ses recherches sur Internet, lorsqu'il avait attiré son attention sur le fait que les sigles MFL et JFL possédaient un étrange air de famille. Mais il ne pouvait s'agir que du fruit du hasard. Et, de toute façon, que faisait-il ici ?

Boildieu, pour sa part, ne se posait pas toutes ces questions. Son sourire de vieille truite maligne trahissait clairement le fait que, pour le journaliste, tout cet embrouillamini sans queue ni tête apparentes était subitement devenu lumineux.

Retrouvant ses esprits, Joseph Faust se remit à hurler :

" Mais qu'est-ce que c'est que ce cirque ? Sortez tout de suite de chez moi, maintenant ! Et qui êtes-vous, d'abord ?

Adrien s'approcha des quatre hommes et s'arrêta à quelques centimètres du grand patron des laboratoires Marlin :

" Qui je suis, vous le saurez dans un instant. Pour commencer, c'est moi qui ai envoyé la liste de la Pax Italia à la Police…

– La belle affaire ! Et maintenant, un Indien qui fait les poubelles de l'Histoire !

De sa voix grave et posée, Adrien poursuivit de manière imperturbable :

" Ensuite, cette page a été arrachée à un cahier comptable. J'en ai plus d'une centaine d'autres qui prouvent que la majorité des grands groupes internationaux d'aujourd'hui ont été bâtis grâce à l'argent fasciste et nazi, et à l'or juif qui a transité par la Suisse. Après le crack de 1929, cette guerre mondiale arrangeait un grand nombre d'industriels qui ont donc laissé la vermine se propager…

– Foutaises…

À chacune des phrases entendues, le visage de Joseph Faust se décomposait. Adrien, d'un mouvement lent, sortit alors le cahier de comptes et le tendit à Boildieu :

" Voilà, monsieur. Vous avez entre les mains de quoi rétablir la vérité sur les véritables causes de cette guerre et sur ses instigateurs. Si vous savez bien utiliser les médias, vous avez largement de quoi faire sauter toute l'économie mondialiste. Et maintenant, je vais vous dire qui je suis réellement…

Boildieu récupéra le cahier et répliqua sobrement :

" Merci. Mais je connais votre identité…

Une nouvelle fois, Joseph Faust se remit à glapir, ulcéré :

" Moi, je me fous de qui vous êtes ! Et vous avez intérêt à quitter ma maison tout de suite, espèce de salopard !

Dans le fond de la pièce, on entendit une porte s'ouvrir. Puis, sortant de l'ombre, la silhouette d'une vieille femme sembla flotter sur le sol, bien plus qu'elle ne marchait. Menue, avec de longs cheveux poivre et sel dans lesquels s'accrochaient les derniers rayons du soleil, elle vint se blottir contre Adrien et crucifia Joseph Faust d'un regard :

" Tu n'as pas le droit de traiter ce monsieur de salopard…

Le visage complètement défait, dégoulinant de sueur, Joseph Faust balbutia :

" Maman… Mais tu connais cet… Cet individu ?

– Oui. Cet homme s'appelle Silvio Bianco. Et c'est ton père…

La phrase, tout juste murmurée, eut pourtant l'effet dévastateur d'une bombe. Tout le visage de Joseph Faust irradia instantanément l'incompréhension et la surprise :

" Quoi ? Mais c'est pas vrai ! Mais pourquoi tu dis ça ? Maman ! Arrête !

Marcia s'assit avec élégance dans l'un des fauteuils de cuir, puis raconta toute l'histoire de sa voix douce :

" Si, c'est la pure vérité. Quand j'ai rencontré ton père, Marcelo Fausto, j'étais déjà enceinte de Silvio. Lui, il avait disparu le lendemain de notre seconde nuit d'amour. Et je n'ai pas eu d'autre solution que d'épouser Marcelo.

– Salope…

Ce mot, jeté comme un crachat, fit frémir Silvio de colère. Mais, avant même qu'il ne puisse réagir, Marcia continua à tisser les fils de son histoire :

" Ton père de nom, que le diable le garde, ne m'a jamais touchée. Il m'a dit qu'il voulait attendre ta naissance. Puis, quand tu es venu, c'est moi qui n'ai plus voulu. De toute façon, il n'aimait que l'argent et le pouvoir. Pas les femmes. Peu après ta naissance, j'ai surpris une conversation, un soir, entre Marcelo et l'un de ses amis. Ça parlait de juifs, de biens immobiliers, de camps à construire. C'est à cet instant que j'ai compris que ton père était un fasciste de la pire espèce : de celle qui marche sur les morts pour de l'argent, pas pour un idéal… Vous pouvez me croire que j'ai souhaité sa mort. J'aurais voulu le voir crever devant moi. Plusieurs fois, j'ai eu envie de le supprimer, sans m'inquiéter des conséquences…

Joseph Faust se mit à sangloter comme un enfant :

" Salope… Mon père était un saint !

– Non. Ton père était une pourriture infecte. Et, malgré le sang de Silvio, c'est ce que tu es devenu, toi aussi.

– Arrête ! Arrête de parler !

Mais Marcia poursuivit, imperturbable :

" Non, je n'arrêterai pas. Ça fait plus de soixante ans que je me tais. Aujourd'hui, il faut que ça sorte. Le second soir, Silvio m'a remis un cahier, celui que tient aujourd'hui monsieur Boildieu entre ses mains. C'est un joueur remplaçant du Torino qui lui avait donné, à la fin du match pour l'inauguration du Vélodrome. Ce joueur faisait partie de la résistance italienne. Et tout ce qu'a dit Silvio est vrai…

Dans le silence, on n'entendit plus alors que les sanglots de rage de Joseph Faust. Le Che le surveillait du coin de l'œil, prêt à bondir dans le cas où la folie s'emparerait de lui. Le timbre à peine éraillé de la voix de Marcia s'éleva à nouveau :

" Quand j'ai lu ce cahier, tu étais déjà né. C'était en 1938, la guerre grondait, le Front populaire était mort. Compte tenu de la politique de l'époque, donner le cahier à la Police n'aurait servi à rien. Des gens dans le style de ton père, ou dans le tien, l'auraient fait disparaître. On n'aurait jamais rien su. Alors, j'ai attendu la libération. Et je t'ai regardé grandir. Tu étais mon petit garçon. Mon bébé à moi.

Les ongles de Marcia crissèrent sur le cuir de l'accoudoir. Elle poursuivit, avec amertume :

" C'est là où j'ai commencé à faiblir. J'aurais dû aller voir les Alliés et tout leur dire. Mais je n'ai pas voulu te perdre. Puis, tu étais le fils de Silvio, le seul homme que j'aie aimé de toute ma vie…

Les yeux de Boildieu et du bon Picchione commencèrent à s'embuer de larmes, tandis que Marcia finissait de raconter son drame :

" Hélas, les années ont passé et tu as grandi. Alors, à cause de ton père et de ses amis, tu es devenu une pourriture à ton tour.

– Maman… Arrête…

– Non. À ma façon, je le reconnais, j'ai été une collabo. D'abord, par peur des fascistes et des nazis. Ensuite, par peur de te perdre. Et enfin, par peur du scandale. J'ai vécu avec ce secret toute ma vie. Mais aujourd'hui, grâce à Silvio, je n'ai plus peur. Le cahier va parler. Et jamais, tant qu'il me restera un souffle de vie, mon petit-fils Alexandre ne sera un salaud comme toi.

Joseph Faust faisait maintenant presque peine à voir. Il ne restait plus rien du grand baron de l'industrie pharmaceutique, pas plus que du petit caporal fasciste. Il pleurait comme un gamin, reniflait, se tordait les mains de douleur. Chez lui, dans son grand hôtel particulier du Prado, il n'avait rien dissimulé à sa mère de ses amitiés politiques, pas plus que de ses agissements professionnels. Aujourd'hui, l'Histoire le rattrapait.

À son tour, Silvio prit la parole :

" L'année dernière, j'ai voulu revenir à Marseille. C'était là que j'avais aimé. C'était là que je devais finir ma vie. J'ai trouvé ce déguisement d'Indien dans un surplus d'Antananarivo, et un ami m'a pris à bord de son cargo qui faisait escale à Madagascar. Quand j'ai débarqué à Marseille, je suis allé directement au Panier. Par réflexe. Et j'ai traîné pendant quelques semaines près de la rue de la Cathédrale, là où se trouvait mon petit appartement. Je dormais où je pouvais, au SAMU social, dans la rue, devant la porte du secours catholique. Je savais que j'attendais quelque chose, mais j'ignorais encore quoi. Pour moi, Marcia était morte ou mariée. On ne s'était connu que deux petites nuits…

Silvio s'interrompit pour caresser les cheveux de son premier et unique amour. Puis, il continua à parler :

" Un lundi matin, je l'ai vue qui descendait d'une grande voiture noire. J'ai cru que je devenais fou, ou que la foudre m'avait frappé… À partir de ce moment-là, on ne s'est plus quitté. Marcia m'a appris que j'avais un fils, elle m'a dit aussi qui il était et ce qu'il faisait. Puis, elle m'a parlé d'Alexandre, son petit-fils. Il serait bientôt un grand footballeur. Comme moi. J'étais fier. Mais quand son père a voulu l'inscrire à son parti de fascistes, on a décidé de tout dire, pour le cahier. Marcia connaissait Anne-Marie Le Phalène, qui connaissait monsieur Picchione et monsieur Boildieu. Voilà toute l'histoire…

Francis Boildieu toussota pour éclaircir sa voix, puis demanda :

" Et Guy Pinatel, le fondé de pouvoir des laboratoires Marlin ? C'est vous, aussi ?

Silvio fit un pas en arrière. D'une main, il entreprit de dégrafer ses pantalons de cuir, tout en expliquant d'une voix glaciale :

" Quand on m'a libéré, je me suis juré de me venger. Si je trouvais le salaud qui m'avait volé ma vie, je m'étais promis de lui faire sauter la cervelle avec ça…

Et il tira de la jambe droite de ses pantalons un fusil à canon scié qu'il avait attaché à sa jambe avec deux lanières. Il le tendit à un Che complètement abasourdi, et poursuivit :

" Pinatel n'était pas qu'une ordure. C'est lui qui est responsable de tout. En fait, son vrai nom est Guido Pinatello, ancien chef de cellule du Parti communiste à Marseille, en 1937. Le jour où Marcia est partie pour l'Espagne rejoindre le Front républicain, il s'est dégonflé. Quand il a vu comment tournaient les choses, il est devenu un membre actif des Croix de Feu. Il y en a quelques-uns qui, comme lui, ont tourné casaque... Et c'est à la Cagoule qu'il a rencontré Marcelo Fausto. Quand celui-ci est mort, en 1943, il a continué à gérer les intérêts de Marcia.

À cet instant, celle-ci se leva et vint se blottir à nouveau contre Silvio. De la même voix dure, elle expliqua :

" Un jour, Guido est venu voir Marcelo, à Montélimar. Ils avaient des affaires urgentes à régler. Ça m'a fait plaisir de le revoir. Puis, quand j'ai appris que, lui aussi, était un fasciste, je lui ai interdit la porte de ma maison. Il était devenu une pourriture comme les autres. Je ne l'ai plus jamais voulu le revoir.

– Et ce matin, conclut Silvio, je suis allé dans ses bureaux de la rue de la République. Malgré le temps passé, rien n'avait changé. Il a mis du temps à me reconnaître, mais il me haïssait toujours avec la même force. Quand il m'a vu boiter, il s'est mis à rire. Et il m'a avoué que c'était lui qui, le soir du match, m'avait balancé à ceux de la Cagoule à Marseille. Il voulait garder Marcia pour lui tout seul. J'ai sorti mon fusil et j'ai tiré. Les deux chevrotines. Puis, je me suis enfui sans que personne ne me voie. Maintenant, vous savez vraiment tout…

Le Che et Boildieu étaient abasourdis. Il n'y avait donc pas d'Indien, de Canada. Pas plus que de fildefériste ni de blessure à la jambe. Silvio Bianco avait manigancé tout ça par amour et par vengeance. Il avait mimé le boitement durant trente-cinq longues années…

Dans les gémissements incessants de Joseph Faust, Picchione sortit son portable et appela son cousin à l'Évêché. La messe était dite. Dans quelques minutes, la Police serait là et, grâce au cahier, pourrait sans doute coffrer le grand patron des laboratoires pharmaceutiques Marlin.

Mais il lui faudrait attendre encore un peu avant de mettre la main sur Silvio Bianco, dit aussi Akubêté, l'Indien blanc, fils de D'Jelmako, le Tonnerre qui gronde…

ÉPILOGUE

(Marseille – 2002)

Les soixante mille spectateurs avaient maintenant quitté le Vélodrome, après le match de gala opposant l'Olympique de Marseille à l'AS Roma. Les Italiens s'étaient inclinés sur le score de un à zéro. Durant quatre-vingt-dix minutes, le public avait chanté, hurlé, piétiné de rage, ri de plaisir, applaudi à tout rompre en découvrant un nouveau joueur, bourré de talent. Transcendé par les chants, celui-ci avait offert un véritable festival de dribbles et de courses rapides suivies de remises dans les pieds. Des tirs puissants et soudains jusqu'au jeu de tête au timing impeccable, il avait fait chavirer le stade et avait remporté la partie presque à lui tout seul. Ce jeune Marseillais, aux cheveux noirs et bouclés, répondait au nom d'Alexandre Faust...

Assis dans les travées de la tribune Ganay, serrés l'un contre l'autre dans cet antre gigantesque et désormais vide du Vélodrome, deux silhouettes pleuraient sans bruit. Marcia et Silvio, enfin réunis, venaient d'assister aux brillants débuts de leur petit-fils. Comme son grand-père, en 1937, il portait sur le dos le numéro douze.

Appuyés contre une baraque à sandwiches du boulevard Michelet, Boildieu, le Che et Picchione buvaient un verre en silence. Un vent presque frais montait de la mer et, dans le ciel, toutes les étoiles dessinaient une voûte lumineuse d'une pureté indicible. Demain, Marseille rôtirait à nouveau sous le soleil et les baigneuses se presseraient en masse entre les bras bleutés de la mer.

Encore secoué par toute cette affaire, Boildieu demanda :

" Dis-moi, Picchione, tu vas réellement les conduire à l'Évêché ?

– Non. S'il y a bien une chose à laquelle je ne comprends rien, c'est bien le football. Et, pendant tout le match, j'ai eu le temps de réfléchir à la chose… "

Il éclusa la dernière goutte de sa canette de soda, et poursuivit :

" L'arme du crime est dans le coffre de ma voiture. Il n'y a pas eu de témoins lors du meurtre de Pinatel, c'est du moins ce que m'a dit mon cousin tout à l'heure. Donc, si on ne dit rien, Silvio ne sera même pas suspecté…

– Ce n'est pas très légal, mais c'est tentant… admit Boildieu.

– Et de toute façon, la morale est sauve : Silvio avait payé par avance, non ? "

Boildieu alluma une cigarette dans la nuit et murmura pudiquement :

" Tu es un homme bien…

Un instant plus tard, Picchione regagnait sa voiture tandis que le Che et Boildieu se dirigeaient vers la statue du David pour écluser quelques derniers verres. Ils allaient en avoir besoin. Demain, c'était le retour sur Paris et la certitude de recevoir les invectives salées éructées par la Valandré, quand ils lui diraient qu'ils revenaient bredouilles, en tout cas sur le plan purement sportif…

Soudain, le Che fit volte-face et repartit en courant comme un dératé vers le 4 x 4. De justesse, il parvint à rattraper Picchione qui avait déjà mis le moteur en marche. À bout de souffle, il lui remit une enveloppe de papier kraft et lui dit :

" C'est le double du cahier de 1936. Silvio nous en avait préparé une copie chacun…

Les yeux de Picchione s'allumèrent de plaisir :

" Alors, peut-être qu'on va envoyer les pieds, sur ce coup-là…

– Et on va se gêner ! exulta le Che, avec sa bonne bouille de Basque.

Pendant que le photographe repartait déjà en sens inverse, Picchione se pencha à la fenêtre et lui cria de toute la force de ses poumons :

" Che ! Dis à Boildieu que, lui aussi, c'est un mec bonnard !

À cet instant précis, les projecteurs s'éteignirent dans le stade Vélodrome…

Collection FOOTPOLAR

Directeur de collection
Jean-Paul Delfino

*

Conception et réalisation couverture
Workaholics
Denis Hérisson
Eric Lacan

*

Crédits photographiques
ADCAN
Vandystadt
J.P.D.
Lefèvre Sylvain / SIPA PRESS

*
* *

Remerciements à
Albert Émon
Chrystel Manfredi-Matringe
Xavier Savall-Escudier

L'impression et le façonnage
de cet ouvrage
ont été effectués
à l'Imprimerie LUSSAUD
85200 Fontenay-le-Comte

Dépôt légal 3ᵉ trimestre 2002
n° 3494
N° d'impression : 202 634